猫国传奇

之风掣雷行

李楚贤　著

中国大百科全书出版社　　知识出版社

图书在版编目（ＣＩＰ）数据

猫国传奇之风掣雷行 / 李楚贤著. -- 北京 ：知识
出版社，2021.3
　　（致青春中国青少年成长书系）
　　ISBN 978-7-5215-0182-7

　　Ⅰ．①猫… Ⅱ．①李… Ⅲ．①幻想小说-中国-当代
Ⅳ．①I247.5

中国版本图书馆CIP数据核字(2020)第068591号

猫国传奇之风掣雷行　　　　李楚贤　著

出 版 人	姜钦云
图书统筹	朱金叶
责任编辑	易晓燕
责任印制	吴永星
美术编辑	周才琳
出版发行	知识出版社
地　　址	北京市西城区阜成门北大街17号
邮　　编	100037
网　　址	http://www.ecph.com.cn
电　　话	010-88390659
印　　刷	三河市人民印务有限公司
开　　本	660毫米×930毫米　1/16
字　　数	118千字
印　　张	12
版　　次	2021年3月第1版
印　　次	2025年1月第2次印刷
书　　号	ISBN 978-7-5215-0182-7
定　　价	42.00元

目 录
contents

　　"那是一个自由的时代，一只有勇气、有闯劲的小猫，可以统治整个猫国……"

风 & 雷

楔子

暮秋的夜，大地死气沉沉，雾气在漆黑的森林里盘旋弥漫，星星和月亮不知道跑到哪里去玩耍了，月光没有投射下树影，星光也没有奉献自己的一丝微茫。整片天空被一层厚厚的云层覆盖，一片灰黑。只见云越来越沉，似乎想要把大地压扁。

　　风起了，越来越狂躁，仅存的枯叶被吹得沙沙直响，雷声也响起了，时近时远。

　　动物对危险有着最敏锐的感知，森林里的小动物开始纷纷躲藏。松鼠从树上跳下来，在灌木的叶下掩藏着自己瑟瑟发抖的小身体；老鼠和田鼠平时用于储存食物的地洞此时派上了用场，让他们能躲在里面。而这片丛林里最大的一个族群——猫儿们也都选好了自己藏身的地点。

　　忽然，一道闪电划过了夜空，接着一声炸雷发出了惊天动地的怒吼，震破了天上的云幕，电光闪闪如刀光剑影，雷声轰鸣似战车隆隆。

　　乌云慢慢散开，倾盆大雨和着隆隆的雷鸣，铺天盖地地尽情宣泄。

　　雷雨交加，又有谁能听到那些悲伤的猫儿们在呐喊？

第一章

外面的世界

晴朗的冬日，清晨。

灰蒙蒙的乌云已然消散，天空呈现出一片乳蓝色，明媚的阳光射向森林，刚下过雪，树木的枝条上挂满了冰霜，在阳光的照耀下熠熠生辉。

如果仔细倾听的话，就会发现一片灌木丛下传来轻柔的"喵呜"声。这里是一只母猫和三只小猫的家。

"小雷，起床啦！你个大懒虫！"银灰色的小猫在稀疏灌木枝条围成的一小片空地上蹦蹦跳跳，转来转去。只见他清澈的蓝色眼眸中闪过一丝调皮，抬眼看到身旁的妈妈正仰头从树枝的缝隙中看着天空，于是他举起爪子，猛地向熟睡的弟弟戳去。

"住手！"妈妈猛然低下头，连忙开口阻止，可是已经晚了。

"嗷呜——"弟弟发出一声惨痛的叫声，一对琥珀色的眼睛迷迷糊糊地睁开。

"小风！"妈妈不悦地喊道，狠狠地瞪了做坏事的哥哥一眼——后者知道自己犯了错，乖乖地蜷缩在灌木的角落里。妈妈连忙去安慰小猫崽。

"小雷……"妈妈压抑着心中的无耐，尽量把语气放得温柔。

照顾三个孩子真累啊！她心想。

小雷的毛发在雪的映衬下犹如一团火焰，他使劲眨了两下眼睛，妈妈的眸子犹如一对柠檬色宝石映入他的眼帘。

"妈妈，我跟你说，我刚才做梦，感觉被打了……"小雷看到妈妈，立马就开心起来，天真地对妈妈倾诉起刚刚的遭遇。

"小雷，你好傻啊！"角落里的小风忍不住大叫道。

"哈哈哈哈嗝……"他身旁另一只雪白毛发的小猫崽听到这句话，忍不住放肆地哈哈大笑起来，还打了个嗝。

"小风！"妈妈又厉声喊了一遍小风的名字，小风乖乖闭嘴，不说话了。

"你是哥哥，哥哥要有个哥哥的样子，懂不懂？"

小风低声嘟囔："我落地三分钟之后他就出生了。"

"什么？"

"啊，没……没什么。"

"还有你，小雨！"妈妈转过头望着酷似自己的另一个孩子，眼中满满的溺爱毫无遮挡。

"我怎么了？"小白猫无辜地眨了眨自己亮黄色的眼睛。

妈妈继续说道："你们仨出生的那天恰逢狂风暴雨，电闪雷鸣，之后几天都找不到食物，因此妈妈的奶水特别少。你们当时都是饥肠辘辘的，每次吃奶都是一顿狂抓乱抢，小雷根本抢不过你们，看，他睁眼都特别晚。"

"哦……"小风听着妈妈的唠叨，拖着声音回应道。

妈妈伸出一只爪子，在小风毛茸茸的脑袋上重重地拍了一下——小猫疼得一个哆嗦："妈妈出去捕猎了，小风，你乖乖地带着小雨和小雷待在这儿，不要到处乱跑，丛林里太危险了，好吗？"

　　"好的！"小风立即忘了疼痛，挺起胸膛，自信满满地答应道。

　　妈妈刚纵身一跃跳出灌木丛，小雷就感觉小风压到了他身上。

　　"怎么了？"小雷扭动着从哥哥身下挣脱出来，咕哝着问道。

　　"还能怎么了？"小风扭动着精力无处发泄的身子，不快地反问道，"妈妈都走了，还不起来玩吗？"

　　"可是，我想睡觉……"小雷说道。

　　"天哪！小雷。"小雨不理解地走过来，仰面躺在他身边，然后又一下子蹦起来，"天气这么好，你居然不想锻炼？"

　　"是啊！"小风接话说，"你放心吧，冬天还很漫长呢。等风雪大的时候，我们尽可以待在窝里从早睡到晚！"

　　小雷试着站起来，虽然四条软软的小细腿有点打晃，但还是支撑着他立在了地上，他来回跳了几下，突然觉得想多跑跑。

　　他抬眼望着哥哥姐姐——他们正在嘀嘀咕咕地商量什么——小风的毛发是闪闪发亮的银灰色，平滑的腹部有一些白色的斑纹，甩个不停的尾巴则是灰色的。小雨全身纯白，毛发非常柔滑。

　　小雷看了看自己的毛，它们是蓬松的，到处支棱着，不像小风和小雨的那么整齐，但是很明亮，好像太阳的颜色。

　　"小风，你知道外面有什么吗？"小雨轻声问哥哥。

　　"我咋知道？我也没出去过。"小风瞥了妹妹一眼，"我们当然要出去才知道外面有什么啊！我又不是千里眼。"

"可是，妈妈说外面有危险。"小雷加入谈话。

"哎呀，你胆子怎么这么小？"小风抽动着鼻子，"我们就出去一会儿，只要我们在一块儿，在附近转转不会发生危险的！"

说着，小风敏捷地向缝隙冲过去。小雨急忙冲到哥哥前面，两只小猫压低身体一前一后钻了出去。

"来啊，小雷。"小风叫道。

小雷趴下身向灌木丛外挤去，展现在他眼前的是一望无际的雪白和枝叶稀疏的大树。

"好高哇！"小雷仰起头，想要看到身旁一棵树的顶端。

"小风，那是什么？"

听到小雨的话，小雷转过头去，看到姐姐正用爪子指着高高的树洞里一个灰色的影子。

"那是松鼠。"小风小声说，"松鼠超好吃的。"

"你吃过？"小雷用不信任的眼神看着他。

"妈妈捕捉的猎物就是松鼠或老鼠，"小风说，"只不过她每次把猎物带回来时，你们俩都在睡觉。"

小风趾高气扬地带着弟弟妹妹往前走，他们走过一条布着妈妈爪印的小路，妈妈的味道逐渐消散，森林的气息扑面而来。雪的清新，风的清爽，植物的清香，还有各种动物的腥膻味和臭味散在空气中。

前面是一片低洼地，小风欢呼了一声："来吧！"一屁股坐在雪上往下滑去。

他滑到了坡底，雪花随着他的动作纷纷飘落，小雨紧跟在他后面，她滑得更远，几乎被裹在了雪里面。很快，一棵枯树下鼓起来一个小雪堆。

"呸！"小雨从雪堆里钻出来，吐掉嘴里的雪，"冷死了。"

小雷学着他们的样子往下滑，他的身子转了好几圈，风呼呼地刮过，刺激感和兴奋感充满了他的每一根毛发。

"呼！太刺激了。"小雨和小雷互相帮对方拂掉身上的雪，却见小风恐惧地盯着上方。

雪的巨浪从坡顶倾泻而下，淹没了三只小猫。

"蛾梦！蛾梦！我在一个雪堆里挖到了三只小猫，你过来看看。"

小雷迷迷糊糊中听到了一个陌生的声音，他想睁开眼睛看看，却觉得眼皮异常沉重，好像粘在了一起。

"吃下去。"一个并不温柔却仿佛有魔力的声音在他耳边响起，小雷着了魔似的，慢慢地张开了嘴，一个苦涩的东西被放在了他嘴里。

"呕！"小雷止不住干呕起来，那个苦涩的东西落在了雪地上，他睁开了眼睛，同时惊愕地张大了嘴。

他面前坐着一只陌生的母猫，她看上去还没成年，但比他大些，颈背上金黄色的毛发柔软而光滑，肚腹是白色的，口鼻上长着棕色的花纹，尾巴上有一圈一圈的浅褐色环形斑纹，额头上则有一块深褐色花斑。而最奇妙的是，她左边的眸子是明亮的琥珀色，右边的眸子则是清澈的浅蓝色。

"你好，幼崽。"母猫低头望着他，"我是蛾梦。"

"你好呀！"一个像阳光一样明朗的声音欢快地响起，又一只金棕色的虎斑母猫轻快地跳入小雷的视野，"我是琥珀光，因为我的毛色很像琥珀，但是在我成年前，你最好叫我琥珀。"

"我当然知道。"小雷回道。所有的小猫长到八个月到一岁，拥有捕猎和保护自己的能力时，父母就会为他们举行正式的成年仪式，之后，他们就可以使用成年名号，独自生活，但在此之前都只能使用乳名。"小雷"就是他的乳名。

"琥珀你好，我是小雷。"小雷挺喜欢这只母猫的性格，不过……他环顾四周，"这是哪儿？"

这是他第一次出窝，除了雪、灌木和光秃秃的大树之外，就没看到别的东西，他猛眨了几下眼睛，才辨认出自己处在一个石洞中，眼前是凹凸不平的石壁，月光大片大片地洒在身下粗糙的沙石地上，从洞口向外望去，视线里只有厚厚的积雪，在月光下明亮得有些晃眼。

这个石洞在冬日里异常温暖，里面没有积雪，小雨蜷缩着身体躺在他身旁，双眼紧闭。

"这是你的姐妹吗？"琥珀笑着问道。

"是的。"小雷告诉她，他突然想起了哥哥，"小风呢？"

"是那只小灰猫吗？"琥珀问道，她的瞳孔一下子惊恐地放大了，"露珠！蓝莓！你们看到那只小灰猫了吗？"她又向小雷解释说，"露珠雨是我哥哥，他出生的时候差点被一颗巨大的露珠淹死。蓝莓冰是我弟弟，因为他的毛有一点点蓝色。"

角落里站起两只公猫，一只毛发是灰白的，看上去很温和。另一只拥有一身墨一般乌黑的毛发，只在背脊上有一点深蓝色，闪着炫丽的光芒，看起来非常帅气。

"噢！"小雷没想到琥珀的哥哥会这么高大，他看上去比妈妈还要高一些，他不得不将头往后仰起，抬头看着他。他尽量挺胸抬头，把腿伸直，想让自己显得高一些。

露珠温和地说道："我不太清楚，我捕猎回来时只看到你们两个。"他没有理会火急火燎冲出去的琥珀，叼起脚下一只胖乎乎的松鼠，扔到小雷面前。

蓝莓酷酷地盯着小雷看了一会儿，很快摇了摇头。

"这只松鼠比这只幼崽小不了多少。"名叫蛾梦的母猫把尾巴优雅地盘到身后，发表自己的看法。

"哼！刻薄的家伙。"

小雷把嘴巴拱进松鼠的毛发里，却沮丧地发现他的牙齿只能留下一道浅浅的印记，而且刺鼻的血腥味并不吸引他。

"露珠，这只幼崽还太小，吃不了松鼠，他应该在妈妈的怀抱里喝奶。"蛾梦冷冷地说，俯身叼起那只松鼠，扔回露珠面前，"小……雷，你为什么不跟琥珀去找一下你的兄弟呢？"

第一章 外面的世界

对哦，还有小风！

小雷从地上挣扎着站起来，往洞外面跑去。他看见冰层上裂开了一个口子，琥珀正小心翼翼地爬过去。

"今天比较暖和，河里的冰变薄了，你的兄弟跑去溜冰，结果掉进河里了。"琥珀叹了口气。

小雷连忙学着琥珀的样子爬过去，看见小风正在河里拼命地滑动着自己的四肢，虽然他看上去游得还不错，可河水湍急而冰冷，稍不留意就可能被冲走。

这时，琥珀把尾巴伸进了水里。

小风麻利地抓住琥珀的尾巴爬了上来，他虽然浑身湿透了，还在急促地喘气，但是仍然装作很镇定的样子，说道："我以后还想再来游泳。"

"你就吹吧。"琥珀瞪他一眼，"下一次我可不会来救你。"她把自己的长尾巴卷到眼前细细打量着，上面多了几个小猫的爪印。

"真是对不起啦。"小风露出一副抱歉的表情，"等到夏天我再来游。"

"没事。"琥珀一下子就原谅他了，"我爸爸——他也出去捕猎了——他的一个朋友住在河对岸，我爸爸说他会在河里抓鱼，说不定你就有抓鱼的天赋呢。"

"你们的爸妈呢？"当他们再次贴着冰面往回挪时，琥珀好奇地问道，"我听到一阵响声，看到那边发生了一次小型的雪崩，我想说不定有动物在滑雪，就跑过去挖了两下，结果发现了你们仨。

你们的爸妈不会放任你们这样跑出来玩吧。"

"我们的爸爸去世了。"小风回答她，琥珀有些抱歉，"我们从来就没有见过他。我们的妈妈出去捕猎了，然后我们就偷跑出来了。"

一个威严的声音突然从上方传来："你们的妈妈叫什么名字？"

小风跟小雷几乎同时抬头看去，这是一只健壮的公猫，他的金色毛发就像初升的太阳，看到他，小雷突然觉得露珠也不是很大。

"这是我爸爸。"琥珀骄傲地说，"他叫麟角，是一只品德高尚的猫。"

"别这样说，女儿。"麟角的胡须抖动起来。

小雷搞不懂，他是在笑吗？

"爸爸收养了蛾梦，因为她身体不太好，爸爸就让自己最特别的朋友教她如何使用草药。"琥珀说，"爸爸有好多朋友，他们都想跟那位朋友交朋友，却交不上。"

"琥珀，你知道你这句话有多拗口吗？"麟角又抖了抖胡须，朝小雷和小风解释道，"琥珀说的是巫师，你们听过巫师吗？"

小雷和小风困惑地摇了摇头。

麟角说道："森林边缘住着一位名叫夜樱的老巫师，她会用草药医治生病的猫，也会占卜和法术，蛾梦是我的养女，同时也是夜樱的学徒。"

说完，他再一次耐心地问小雷和小风："你们的妈妈叫什么名字？"

　　"她叫柠檬。"小雷说。

　　麟角眯着眼睛，好像在思考："我不认识你们的妈妈，但我可以去找找，你们多大啦？"

　　"差不多一个月吧。"小风回答，"听妈妈说，我们出生的那几天狂风暴雨。"

　　"爸爸，他们住在今天发生雪崩的那片石壁附近。"琥珀插话。

　　"哦，那个呀。"麟角点点头，"我今天听到了，当时我还奇怪，是不是有什么顽皮的小家伙在那儿滑雪呢。"

　　小风跟小雷微微低下了头。

　　"刚刚蛾梦已经把事情经过告诉了我，她说你从雪堆里挖出来几个没爸妈的小朋友。"麟角做了个深呼吸，"那我去找找，也顺便问问，琥珀，照顾好他们，你现在是姐姐了。"

　　"好的。"琥珀答应道，领着小风和小雷往洞穴里走。麟角轻盈地一跃，爬上河岸，往森林里奔去。

　　"小雷，你先睡吧。"琥珀对小雷说，"我和蛾梦把你哥哥弄干。"

　　首先发现他们几个在一个陌生的地方醒来，被几只陌生的猫照顾着，然后又是小风落水……还不等小雷细细回味这几件惊心动魄的事儿，他的眼皮便再一次沉重起来，很快，他便进入了梦乡。

　　"小雷！小雷！快起来，妈妈来啦！"

　　睡梦中，小雷隐隐约约听到了小风的声音，立马睁开了眼睛。

　　"妈妈！"

"小雷！小风！"柠檬正站在他面前，亮黄色的眼中闪着怒气，"你们两个怎么这么不听话！说了不要出来，为什么要跑出来呢？你们听不懂我的话吗？"

"我们以后一定会乖乖听话的。"小风抢着答应。

"是的。"小雷附和道，心中泛起一丝愧疚，妈妈肯定找了好久。

"妈妈……"小雨也醒了过来，声音娇弱，显然被柠檬吓着了。

"小乖乖，没事的，不怪你，都怪你哥哥，没有保护好你，只是，以后还是要乖乖的，这次妈妈担心死了。"柠檬看到小雨，整个态度完全就变了。比起小风和小雷，柠檬一直格外宠爱小雨，就因为她是妹妹吗？

柠檬趴下身，把小雨搂进怀里，用柔软的粉色舌头帮她理顺毛发，小雨依偎在妈妈充满奶香的怀抱里，在小风和小雷羡慕的目光下，心满意足地大口大口吮吸着甘甜的乳汁。

"好了，小风、小雷、小雨，我们回家去吧。"说着，柠檬感激地对麟角说，"太谢谢您了。"

"不用谢。"麟角回答，"以后，几个孩子可以来找琥珀玩。"

"小雷，等着你哦。"正低头舔着腹部的琥珀抬起头，欢快地说，"小风、小雨，你们也是。等再过几个月，我们一起去捕猎。"

"希望能教你们捕猎。"露珠点点头。

"孩子们，说再见喽！"柠檬说。

"再见！"小雷与哥哥姐姐一起开口，却发现好像少了一个身影。

"蛾梦她有事。"露珠仿佛看透了他的心事,对小雷说,"她走的时候让我帮她带话了,她也希望再见到你们。"

"走吧,孩子们。"柠檬用尾巴把小雷和小雨拢在身旁,小风则环绕着她的脚掌蹦蹦跳跳。"昨天真是急死我了。以后,你们一定要乖乖听话。"

他们在林间缓步行走,小雷抬头看了看被朝霞染红的天空,火红的太阳像个大火球一样,正慢慢地从远处的山脊后升起。

"到家了。"柠檬深深地长舒了一口气,让几个孩子从灌木枝叶间的缝隙往里面钻。

回家真好啊!

小雷看着自己的家,它被灌木尖利的枝条围绕着,个子更大的动物都进不来,雪地上铺着厚厚的一层柔软的树叶。

他在树叶上打了个滚,多好啊,又跟妈妈在一起了。

柠檬笑了起来,仿佛知道他在想什么。

"小宝贝儿,你们这次看到什么了?"

"森林,"小雷抢着说,"还有河。"

"还有雪和石头。"小雨接着说。

"所有的一切。"小风煞有介事地总结道。

柠檬又从喉咙深处发出声音:"宝贝们,这不是所有的一切,这只是森林很小很小的一部分。"

"终有一天我们会看到整个森林的。"小风不服气地说。

"别理他,妈妈,继续说。"小雨眨着一双亮晶晶的大眼睛。

柠檬说："整个森林也只是世界的一小部分。"她长叹一口气，"世界很大很大，比我们能想象到的还要大成千上万倍。"

"那该有多少只猫呀。"小雷憧憬着。

"不不不。"柠檬在他头上舔了一下，"世界上有很多种不同的动物，也有很多完全不一样的地方，森林只是其中的一种而已，还有火山、草原、大海……"

"那些是什么样的呀？"小雷好奇地问。

柠檬用尾巴往远方指了指："你们能看见远处的山脉吗？"

小雷仰头看去，浅蓝色的天空下浓墨重彩的深绿线条映入他的眼帘。

柠檬缓缓地说："在离我们很远很远的地方，有一座火山，它的身上没有草或者树，只有光溜溜的石头。它的身子里面有很多很多岩浆，那是流动的火。"

小雷与哥哥姐姐依偎在妈妈温暖的怀抱里，在她的低喃中合上了眼皮。

"你们会长大的，那时候，你们可以看到更广阔的世界。"

第一章 外面的世界

第二章

伤痕

"妈妈出去捕猎了。"柠檬用温暖的目光望了望孩子们，随后，俯下身子钻出灌木丛，轻快地沿着她常走的小路小跑而去。当快要消失在眼巴巴盯着她的三个孩子的目光中时，她突然转回头问道："宝贝们要吃什么？"

"我要松鼠。"小雷从枝叶中探出脑袋说。

他和哥哥姐姐是三天前断奶的，这几天，妈妈时常带回松鼠和田鼠给他们尝鲜。

最肥厚的是田鼠肉，鼠肉鲜嫩而多汁，松鼠肉则带有森林中的原始味道。

"我要老鼠。"小雨在小雷身后对妈妈说。

"好的，"柠檬对着小雨眨眨眼睛，似乎刻意忽略了小雷的请求，"昨天我看到一个小山坡上有几棵山毛榉，那儿肯定有田鼠……"

虽然小雷有些不开心，但他知道妈妈跟他们讲这些是在培养他们的捕猎技巧，所以他用心地听着，并努力去记。

"小风，"柠檬突然话锋一转，"你还没说你要吃什么呢？"

小风抬起头，不太确定地说道："我……我想吃鱼。"

"鱼？！"柠檬简直惊呆了，"小风，你怎么会想到鱼呢？我们不吃鱼。"

"为什么呀？"小风有些失落地问道。

"小风，妈妈不会捕鱼。"柠檬几步跑回来，拍了拍小风，"乖啊，妈妈给你带一只肥嫩的大老鼠回来。"

"好吧……"小风失望地点了点头。

柠檬消失在了三只小猫的视野中，小雨蹦起来："小风，我们今天玩什么呀？"

"我不知道。"小风看上去还是不太高兴的样子，"让我想想。"

"那我们就来玩我的游戏吧！"小雨开心地说道，"我是一位妈妈，名叫……嗯，名叫雨月，你们俩就扮我的孩子吧。"

小雷希望游戏能够缓解小风的心情，他知道自从上次偶遇琥珀他们之后，小风就一直渴望成为一只会捕鱼的猫。所以他抢先说了句"好呀"就坐到小雨的面前。

"好吧。"小风低声说，在小雷旁边坐下，粗粗的灰色尾巴在空中甩了两下。

小雨责备道："哦，小雷，你怎么把自己弄得这么脏？"她学着柠檬的样子，用力地用舌头梳理着小雷的毛发。"还有你，小风。"她又转头舔舔小风。

"你也不是很干净嘛。"小雨的舌头非常粗暴，小雷看着她洁白毛发上的泥灰，嘀咕一声。

"不准这样跟妈妈说话。"小雨用爪子拍了一下小雷的头，"妈妈在外面跑了一天，毛肯定会有点脏。"

"现在，我教你们抓松鼠。"小雨指了指灌木丛枝条上一片摇摇欲坠的枯叶，"瞧，那儿有一只松鼠，它正蹲在树枝上吃一颗松果。"

小雨趴在地上，往前拱了两步，接着一跃而起，伸出爪子扯下那片枯叶。

"其实要我说，即使你不抓，这片叶子也会掉下来的。"小风毫不掩饰地翻了一个大大的白眼。

"瞧这孩子，说的什么话。"小雨模仿着柠檬的样子厉声说，却"扑哧"一声笑了。

"行了，我来告诉你们我们该玩什么。"小风站起来，把小雨往自己身后拉了拉，又把小雷推到自己对面。

"我不当老鼠了。"小雷抗议道，"上次就是我当的老鼠。"

"哎呀，上上次不是让你当猎手了吗？"小风不耐烦地说道，"来，往灌木那边挪一点，把身子缩得像老鼠一样小。"

"上次是我当的老鼠。"小雨抗议道，"小风，你应该当一次老鼠。"

小风眯起他的蓝眼睛："我想到了。来，小雷，你当一只老鹰，我是猎手，第一次我被老鹰抓伤了。小雨你扮演巫师给我疗伤，伤好后打败了老鹰。"

"这还差不多。"小雷说，起码老鹰比老鼠厉害多了。

"那我们出去吧！"小风说，"就在灌木丛旁边，好吗？"

第二章 伤痕

　　小风领着小雷和小雨钻出灌木丛，他满意地择定了灌木旁的一棵枯树。

　　"来，小雷，你看。"小风对小雷说，"这棵树很矮，树根比较高，你沿着树根，踩着这个树瘤，爬到那个树枝上面去，很容易的。到时候，你就跳下来，反正我接着你，雪地这么软，不会有任何事的。"

　　"你确定吗？"小雷怀疑地打量着这棵树。

　　其实，小风说得并没错。这棵树的树根突出雪地一爪厚，小雷完全可以踩着树根和那个树瘤，借助树皮上的凹凸，爬到那根最低的枝条上去。雪很厚，小雷即使摔下来也不会受伤。

　　"行吧。"小雷同意了。

　　"你等着。"小风趴在灌木丛下，"我说三、二、一，然后冲出来，你就跳下来。"

　　"没问题！"小雷望着哥哥，保证道。

　　"三，"小风喊道，"二……一！"

　　小风迈着四条小短腿从灌木丛下冲出。眼看着哥哥已经冲到树底下，小雷把心一横，往下跳去。

　　"哎哟！"两只小猫摔在雪地上，滚成一团。不过小雷还没有忘掉自己要演的戏，他伸出爪子，在小风的背上拍了两下。

　　"啊！"小风发出一声惨叫，把小雷掀起来，飞快地跑到灌木丛边。

　　"你没事吧？"小雨流露出一脸心疼的神色，用爪子抠下一块树皮，放进嘴里咀嚼，"呸！难吃死了。"

"我没事。"小风坐在地上，拨开毛发,给小雨展露出刚刚被"老鹰"抓伤的后背，"瞧，就是这里，这么大一块伤口，总有一天，我要把老鹰碎尸万段！"

听到小风恶狠狠的话，再看看他眼中逼真的愤怒，小雷不由得打了个寒战。不过他随即又提醒自己，小风说的是老鹰，是那种趁猫妈妈疏忽，用巨大的爪子抓起小猫咪后迅速飞上天的可恶鸟类，而不是他——森林里的一只小猫——小雷。

"没事的啊，都是皮外伤。"小雨温柔地安慰着小风，把她嚼过的树皮敷在小风背上。

小风坐了一会儿，跳起来，喊道："老鹰，快来吧，我要与你决一死战！"

小雷此时正踩着树瘤往上爬，等他一踩到那根树枝，小风就催促道："好了，你快跳下来。"

"等一下嘛。"小雷已经看准了另一根高一点的树枝，他夸口道："我可以爬到那上面！"

"好吧。"小风耸耸肩，看着小雷一爪蹬着树枝，一爪踩着一块树皮的凹凸处，两只前爪抓住那根细细的树枝，正准备爬上去。

"来喽！"小雷叫道，后肢敏捷地一蹬。小风突然看见，那根树枝正在疯狂地抖动。

"小雷，不要——"他出声叫道。

可是，已经晚了。

小雷的身体坠落时，他看到的最后一幕，是小风惊恐的面容。

小风篇·勇气

"小雷……"小风看着毫无生机的橙红色的一团，发出绝望的哀号。

"我们该怎么办，小风？"小雨焦急地问道。

"啊，焦急的小家伙……"一个陌生的声音飘过雪地，传进小风与小雨的耳朵。

"你，你是谁？"小风惊讶地问道，"你快出来！"

"我可以救你的弟弟，只是你得跟我走。"一只母猫迈步从她隐身的树根下走出，她的面容使小风与小雨有些害怕。

"你……"小风吃惊地看着母猫，她的毛色乌黑，衬得雪白的爪子闪着阴森森的寒光。左边的眼眸好似没有一丝星光的夜空，黯淡无光，右边的眼眸竟是暗红色的，犹如一块红宝石镶嵌在她的脸上，妖娆绝艳；但那色彩，仿佛是血染成的，显得嗜血、残忍。一道长长的、扭曲的疤痕划过她的脸颊，穿过那被撕裂的半只耳朵，在她的红眸周围绕了半圈，延伸进她脖颈上浓密的毛发中。

小风倒吸了一口冷气，是什么样的爪子会造成这样的伤痕呀？

"害怕吗？小猫。"母猫迈步走近他的身边，凑近小风，低声道。

"小风，不要理她！"小雨惊恐地叫道，"快把她赶走！"

"不。"小风毫无惧意地与她对视，"你刚才说，你能救我弟弟？”

“是的，我能。”母猫眼中划过一丝玩味的神色。

小风镇定自若地抬起头：“带我走。”他说道，对小雨吩咐了一句，“你留在家里，等妈妈回来时，你告诉她前因后果。”

“不要！”小雨的眼中带着对母猫的质疑，她尖声叫道，“小风，你别相信她！”

“那就算了。”母猫瞄了小风一眼，做出一副抬腿要走的样子，“你妹妹似乎很不信任我。”

“小雨，这可能是小雷活下来的唯一的机会！”小风急促地在小雨耳边说道。说完，他坚定地望向那只母猫：“我跟你走！”

母猫驮起小雷，向前走去，小风快步跟上。

“你叫什么名字？”母猫淡淡地问。

“小风。”小风回答。

母猫眯起眼睛打量着他：“你出生的时候是不是正赶上那次百年不遇的狂风暴雨？”

“是的。”小风告诉她，“所以我妹妹叫小雨，弟弟叫小雷。

母猫轻轻地点了点头，就没再说话。

“小雷……他没事吧？”小风忍不住轻声问道。

“你弟弟？”母猫摇了摇头，开口回答，“很难说哇……”

“他、他会死吗？”小风犹豫了一下，哀伤涌上他的心头，他难过得几乎无法呼吸。

“很难说。”母猫低声说，神色十分沉重。

第二章 伤痕

"你会治好他的，对不对？"小风在心中给自己鼓劲，随后，他又壮起胆子，问道，"你到底是谁？"

"我叫夜樱。"母猫回答，"我是一名巫师。"

"巫师！"小风好奇地仰头打量着她，"你就是夜樱？"

听麟角讲，巫师生活在一棵巨大无比、盘根错节的古树的树洞里，他们会烧火、锻造、预言、使用魔法和草药。他们的数量非常非常稀少，但整个森林的猫都需要他们。

小风喋喋不休地问夜樱各种关于巫师生活的问题，夜樱择其中一二简洁地回答。转眼间，他们就到了一个非常神秘的地方。

树林的边缘，一棵巨树俯瞰着整个森林。面前巍峨的雪山插入天空，高耸的雪峰在蓝天的映衬下，冷峻圣洁。融化的雪水汇成山涧，像一条闪耀的银链，坠入山脚下一个清澈的水池。水池旁几块岩石的缝隙中搁置着一些叶子和几件奇怪的东西。

夜樱轻柔地把小雷平放在雪地上，小风赶紧跑过来守在小雷身边。一个熟悉的金色身影从树洞中钻了出来。

蛾梦！

"这是我徒弟。"夜樱指指蛾梦，"来，你来看看。"

蛾梦摸了摸小雷的肚腹和脖颈。"他的头磕到了树根。"她哀叹一声，"小雷，可能……不行了。"

"真的一点办法也没有了吗？"小风悲哀地看着她。

"有一个办法。"夜樱干脆地说。

"什么办法？"小风睁大了眼睛。

"只有一个办法，把伤转移到你身上，但你可能会死。"夜樱闭上了眼睛，轻轻吐出了这句话，"小风，接受现实吧。"

"不！"小风湛蓝色的眸子里现出一丝沉毅，"我愿意转移他身上的伤。"

是我提议要玩游戏的啊，我还让小雷去当老鹰，去爬树，小雷的伤是我造成的，就让我来承担痛苦吧。妈妈说，要为自己犯下的错付出代价。

"你确定？"夜樱和蛾梦的眼神同时变了变。

"只要能让小雷好起来。"小风点了点头。

"那么，小风，我敬佩你的勇气。"夜樱说道，"我会让你活下来，但是有很大的可能，你会多一道伤疤。"

"伤疤？"小风看着她，"像你那样吗？"

"没错。"夜樱用尾巴将他拢到自己身边，"就像我这样。"

"那你的伤疤是……"小风还想问，却被夜樱粗暴地打断了。

"既然你做了抉择，那我们就开始吧。"

小风敏锐地捕捉到了她眼中一闪即逝的哀痛。夜樱大概有不想回忆的一段往事吧。

夜樱往水池边走去，小风跟在她后面。

"这个水池的水是从哪里来的呀？"他问道。

"是雪山上融化的雪。"夜樱回答，她用尾巴从一块巨石上卷起一小块亮晶晶的透明碎片。小风在里面看到了彩虹的七彩光芒。

"这也是石头吗？"小风问道。

"嗯……算是吧。"夜樱说道，"它叫水晶，是一种非常奇妙的石头。"

"水晶……"小风喃喃重复道，跟着夜樱钻进了树洞。

树洞里面看起来很宽敞，正中央摆着一个泥土罐子，罐子底下放着一堆树枝。

夜樱叼起水晶，俯下身去在树枝上捣弄了几下，一股热气冉冉升起，红色的火苗开始在树枝堆上跳跃。刹那间，整个树洞变得温暖起来。

小风往后缩了缩。他有点害怕火。

"趴下来，放松。"夜樱操纵着火苗，沉声说道。

小风照做了，闭上眼睛。要不然的话，他会看见那块水晶悬浮在火焰的烟雾上。

砰的一声，火焰高高蹿起，一个浅浅的红色影子从火中飘起，慢慢地降落在小风灰色的脊背上，与他合二为一。

一阵巨大的疼痛袭上小风的头和脸，他感到有液体从唇间冒出，腥甜腥甜的，是血！

"睡吧。"随着夜樱的低语，小风逐渐沉入一片黑暗中。

疼痛消散后，小雷很快便醒了。

他晃了晃脑袋，慢慢地清醒过来。"这是什么地方？"

"小雷，你好。"旁边金色的母猫正望着他。

"蛾梦？"小雷疑惑地问道，"是你给我治好了伤吗？"

"我是巫师学徒，目前还救不了你。"蛾梦回答，"当你摔下来时，我的老师夜樱正好路过，小风向她求助，于是她把你带到了这里。当时你都快死了，小风求老师用法术，把你的伤转移到他身上。我的老师刚去找你们的妈妈了。"

小雷全身一颤，这么说……小风认为是他叫自己当老鹰，所以他应该为自己的伤负责？

小雷扑到看上去没有生气的哥哥身上，发现他满脸都是伤口，血正源源不断地渗出来，十分恐怖。

"小风……"小雷不敢相信地看着哥哥，回头冲蛾梦吼道，"你不是巫师学徒吗？为什么不给他治疗？"

蛾梦指了指火焰上的土罐，小雷踮起脚看了一眼，里面煮着几种植物的叶子，正咕嘟咕嘟地冒着泡泡。

"我刚把这些弄好。"蛾梦冷冷地说道，她站起身来，轻轻跃出树洞，往水池边走去。

小雷跳到雪地上，看见了石头上摆放着的叶子，"这是草药吗？"他问。

"没错。"蛾梦叼起一大团蓬松的白色东西。

"这是什么？"

"柳絮，"蛾梦回答，"可以用来止血。"

"你还要什么吗？"小雷问道，他急切地想为哥哥做点儿什么，"我可以帮你拿。"

"谢了。"蛾梦用尾巴点了点石头上的两种叶子。

小雷爬到石头上，小心翼翼地把有点硬的叶片叼在嘴里，含糊不清地问，"可是叶子不是很柔软的吗？"

"它们晒干了，所以干燥易碎。"小雷不知道蛾梦为什么能在嘴里叼着东西的情况下说出那么清楚的话。

小雷跟着蛾梦爬进树洞，蹲坐在小风身边，紧紧地盯着蛾梦把柳絮放在地上，从里面掰下一小团，爪子灵巧地把它捏成长条状，然后敷在小风的额头上。

蛾梦不慌不忙地处理着小风脸上纵横交错的道道伤痕，血把柳絮染成了红色，但很快不再洇出。"我可以干点什么？"小雷不知道自己爪子该往哪儿放。

"把这些柳絮撕下来。"蛾梦吩咐他，随即开始咀嚼小雷带进来的叶片。

小雷绕到哥哥的脑袋旁边，将爪子伸到柳絮里，然后慢慢地往上拉。

"啊……"小风翻了个身，在昏迷中痛苦地喊了一声。

小雷吓了一大跳，不禁往后退了一步，向蛾梦投去求助的眼神。

"笨手笨脚。"蛾梦边嘀咕边把嘴里的叶片吐出来，用爪子抓住柳絮，轻巧而迅速地一扯，柳絮就掉了下来。

"把这些柳絮拿出去扔了。"蛾梦吩咐道，小雷连忙叼起蛾梦刚刚撕下来的柳絮，跑到树洞口，往雪地上一扔。

蛾梦熟练地熄灭火苗，把罐子从枯枝堆上方架着的一根钩状的树枝上叼下来，用爪子抚摸着小风的身体。

"情况不太好，他开始发热了。"她低声说，继续咀嚼叶片，把叶浆敷在小风的伤口上，"先防止他的伤口感染。你从树上摔下来估计在树根上磕到了头，如果不是他选择代替你受伤，你呀，估计已经死了。"

小雷指指罐子："这个能喂给他吗？"他听了蛾梦的话，心中满是歉疚，一心只想要小风尽快好起来。

"那就是给他准备的。"蛾梦把罐子叼到小风嘴边，伸出尾巴，塞进小风的嘴里，小风在昏迷中突然感觉到嘴里被填进一团毛茸茸的东西，下意识地张开嘴巴，蛾梦马上把罐子里的药水倒进去。

看着蛾梦为小风忙前忙后，把自己使唤得团团转的样子，小雷的心中突然感到一丝妒意。

"如果受伤的是我，是不是蛾梦就也能这样为我忙前忙后了呢？"

他立刻狠狠地责备了自己，如果小风没有代替他受伤，那他现在估计已经死了。

"小风！小雷！"树洞外忽然传来妈妈焦急的呼唤。

小雷探头望去，妈妈和小雨的身边，还站着一只健壮的大公猫和一只面容恐怖的黑色母猫。

是麟角和夜樱！

"老师！"蛾梦惊喜地喊道，她冲出树洞，亲密地与黑色母猫摩擦皮毛。

"你真的好厉害呀！"小雷往角落里靠了靠，对蛾梦咕哝道，

"谢谢你。"蛾梦的眼睛里带上了几分笑意。

柠檬和小雨围在小风身边，"他那张英俊的脸啊！"柠檬哀号道，"小雷，你要感谢小风。"

小雷心痛地看着原本帅气的哥哥。

"没事，妈妈。"小雨抽了抽鼻子，坚强地说道，"小风在我心中永远是最帅的。"

"柠檬，你可以先带着小雷和小雨回去了。"夜樱干脆利落地下了逐客令，"小雷还没吃东西吧，小风现在还不能挪动，我会照顾好小风的。"

听她这样一讲，小雷突然发现肚子在咕咕叫。

"走吧，小雨、小雷，我们回去吧。"柠檬把两只小猫拉到身边往外走去。

小雷回头，最后望了一眼小风银灰色的身体。

"哥哥，你一定要快快好起来。"小雷在心中默默祈祷。

第二章

新朋友

冰雪已经融化，温暖和生机如约而至，绿色的嫩芽挂上灌木丛，森林容光焕发起来。小雷走在散发着清香的新叶下，脚下踩着柔软的泥土，温柔的春风拂动着叶片，猎物发出沙沙的声响。

　　"天哪！"小雷对小雨低声叹了口气，"我真恨不得立即开始捕猎。"

　　小雨的黄眸中含着笑意："那你就别说话啦！"她轻快地说，"要不然，猎物都会被你吓跑的。"

　　"不会的。"柠檬冬天时踏出的那条小径现在已了无痕迹，小雷轻松地在树林中穿梭，"春天的猎物，和冬天的雪一样多。"

　　小雷刹住脚，小雨差点撞到他身上，"你干吗？"她愤怒地嘘道。

　　小雷已经呆住了，在他们面前，一个小小的毛茸茸的身影正沿着一处树根蹦跳。

　　他按照妈妈教的那样，蹲伏下来，抬起腹部和尾巴，向老鼠蹑足爬去，心在胸腔里怦怦直跳。

　　冲啊！

　　老鼠察觉到他的存在，开始不安地逃窜，小雷疾速飞蹿过森林地面，一跃而起，把灰色的小身体按在爪下。

"干得漂亮！"小雨来到他身边，赞赏地对他说。

"它还在拼命挣扎呢，你为什么不一口结果了它呢？"柠檬穿过空地，来到两只年轻的猫面前。

突然有个恶作剧般的想法在小雷脑子里浮现出来，他不假思索地抬起爪子，老鼠飞快地往前跑去。

"噢！好可惜。"小雨大声感叹道。

小雷后腿蹬地，一个飞扑，再次压在了老鼠身上。他凭着本能咬断了老鼠的喉咙。

"我要把这只猎物带给小风。"他骄傲地宣布。

"好主意！"小雨表示赞同，但柠檬脸上的神色却有几分奇怪。

"妈妈，你还记得小风吧？"小雷说，他刻意想开个玩笑，"那只英俊的灰色公猫，我哥哥，您儿子？"

"我当然记得。"柠檬回答，她低声说，"可是……他已经不再英俊了。"

"妈妈！他是为了救我呀。"小雷讶异地蹭蹭母亲的鼻子，妈妈怎么会这样？

"是，他是为了救你。"柠檬点点头，叼起小雷的猎物，"我们走吧！"

这才是他认识的妈妈嘛！小雷往前跑去，没过多久，他就发现了另一只猎物——一只松鼠！它正坐在一个离地面不远的树洞里，捧着一枚橡果拼命地啃着。

小雷奔到树下，爪子抠着树皮，飞快地往上爬去。

正当他离树洞只差一跃的距离时，只见树干上一个红色的身影飞速掠过，爪子在树洞里一掏，松鼠灰棕色的小身体就软趴趴地挂在她的爪尖上了。

她转头看过来，然后往下跃到小雷身边，"真不好意思。"翠绿色的眼瞳中含着歉意，"这是我第一次捕猎，太着急了，没看清楚还有别人。我叫小狐狸，你呢？"

"没事，我叫小雷。"小雷朝她笑笑，说。

"小狐狸，下来！"树下传来一声叫喊。

小狐狸飞快地往下跳去，她在下一根树枝上打了个趔趄，小雷跳到她身边，用肩膀顶住她。

"谢谢你。"小狐狸羞涩地甩了甩尾巴。

两只小猫回到地面，小雷发现了两只陌生猫正与柠檬攀谈着。

"这是我的父亲凤毛和母亲金风。"小狐狸指着两只猫，对小雷解释道。

小狐狸的父亲简直就像放大版的小狐狸，小狐狸体格娇小，而凤毛似乎也不像麟角一样雄壮。除此之外，这对父女拥有同样的浅红色毛发，同样的翠绿色双眼，以及一根粗大的红色尾巴。

"凤毛？"听到这个名字，小雨惊讶地竖起毛发，她转向小雷，说道，"小雷，我记得有个词叫作'凤毛麟角'啊。"

小狐狸打断道："你们认识麟角吗？他是我爸爸的哥哥。"

"哦！怪不得。"小雨恍然大悟。

这时，金风亲密地邀请道，"柠檬，去我们家看看吧。"

柠檬又惊又喜："可以吗？"

金风用鼻子摩擦着柠檬的耳朵："我们家里有小孩，只怕他们吵到你呢！"

"听到没有，小雷？"小狐狸推了推小雷，"我妈妈邀请你们去我们家玩呢！"

"走吧！"凤毛摆动着尾巴，率先往树林深处走去。柠檬和金风并肩跟在他身后。

"你有几个弟弟妹妹呀？"小雷听到小雨这样问小狐狸，他对这么一大家子的生活非常感兴趣，于是也留神倾听着。

"嗯，我有一个姐姐，一个妹妹和一个弟弟。"小狐狸回答，"我大姐今天早上也出去捕猎了，不知道有没有回来。"

小雷很希望能交到几个朋友，于是他主动开口问道："你的姐弟都叫什么名字？"

小狐狸瞥了他一眼，目光中有几分惊喜，似乎没料到他会主动参与她们的谈话，她快速地回答道："我姐叫云雀鸣，我妹叫红莓心，我们平常叫她们云雀和莓莓。我弟叫竹笙，一般叫他小竹子。"

"哇！好羡慕你，我也想要一个姐妹。"小雨说。

"羡慕嫉妒恨吧！"小狐狸转了转眼珠，又凑到了小雷身边，"喂，小雷，我大名叫狐心，你叫什么呀？"

"雷焰。"小雷告诉她，"火焰的焰，不过我们现在还不可以使用大名。"

"哎呀，我当然知道啦！"小狐狸大叫道，"问问嘛！"

"哎，到了！"她兴奋地叫起来，用尾巴指指前方一个浅坑，应当是岩石倒塌后留下的，但碎石头已经被清理掉了，就像小雷他们家一样，泥土上先铺了一层厚实的松针，上面又铺着很多柔软的叶片和羽毛，周围也有一些植物遮掩着，旁边还长了几棵大树，茂密的绿荫也让这个地方隐蔽了许多。

浅坑里有两只小猫，一只是灰白色的，另一只有着浅红色的虎斑纹，看上去跟小狐狸差不多大。

"你们终于回来啦！"小母猫高兴地大叫一声，冲上前去，在小雷面前刹住脚，才意识到这不是自己的父母与姐姐，"你是谁？"

小雷打趣地抖动着胡须，小狐狸连忙说道："这是我们新认识的朋友，小雷。"她又压低声音说，"这就是我妹妹莓莓。"

"我真不明白。"小公猫嘶声说，"我明明跟小狐狸一起出生的，为什么她能去捕猎，我不能去。"

"小竹子，你要我跟你讲多少次？"凤毛暴躁地训斥道，他狠狠地在空气中抽打尾巴以平复自己的情绪，"我们不能同时照顾那么多只小猫！"

"不多啊，才两只——"小竹子争辩着，却被凤毛打断，"你难道要我们把你妹妹独自留在巢穴里吗？"

"好吧。"小公猫快快地嘟囔道。

"没事的，小竹子。"金凤鼓励道，"下次我们带你去，好不好？"

小公猫的眼睛瞬间变得明亮起来。

"要不这样吧。"凤毛似乎对刚才的暴躁有点后悔，他坐下来，提出了另一个建议，"我们可以让小猫比赛捕猎。"

比赛！太好了。

"我觉得这是个好主意。"柠檬亮黄色的眼睛里闪着光芒。

"来吧！孩子们。"金风抚摸着小竹子的毛发说，"小竹子，你可以得偿所愿了。"

"小竹子、小狐狸、莓莓、小雷和小雨。"凤毛将几只小猫召集在一起，"我要你们协同捕猎。"

小雷兴奋不已，他的每一根毛发都竖起来，毛尖简直快要竖成刺了。他会跟谁一起合作呢？

"我要跟小雷一起。"小狐狸尖声叫道。

小雷听到金风趴在柠檬耳边说了句什么，好像是"女大不中留"，他不知道这几个字是什么意思，但两只母猫都笑了起来。

"那好吧。"凤毛好像也在忍着笑，"小狐狸跟小雷一组，你们往松林深处走——"

"那我跟她一组。"小竹子把尾巴指向小雨，粗鲁地说。

两只母猫笑得更开心了。

"小竹子跟小雨一组，你们去河边。"凤毛不露痕迹地接上话，"莓莓，你独自捕猎，从森林边缘朝河谷走。"

"好。"莓莓稳重地点了点头，她的身影很快消失在树林中。

"我们出发吧！"小狐狸又蹦又跳地往森林跑去，小雷跟在她后面。

"猎物最多的一组，有奖励！"他听见凤毛的声音传来。

松树的树干笔直挺拔，枝叶交缠得密不透风，小雷不是特别喜欢松树，他突然有一种被禁锢的感觉。

小狐狸用她柔软的褐色小鼻子使劲地嗅了嗅空气："多好的地方啊！"她欢快地说，"好浓好浓的松鼠味儿啊！"

"是。"小雷耐着性子应了一声，心想她再这样下去，会把这松树林里所有的松鼠还有别的老鼠、田鼠和鸟都吓走的！

还没走两步路，小雷就发现了一只皮毛特别漂亮的松鼠，它一定存了足够的粮食，度过了一个丰衣足食的冬天。

他耐着性子蹲伏下来，小心地挪动着脚掌向前潜行，刚准备扑过去，一个红色身影从他身旁跃过。但小狐狸起跳过早，腿又不够长，她落地的响声惊动了松鼠，它扔下食物，逃走了。小狐狸连滚带爬地向前追了几步，但连它的影儿都没看见。

小狐狸垂头丧气地回到小雷的身边，小雷竖起了毛发。

"对不起。"小狐狸抱歉地说，"别生气，一只松鼠而已。"

小雷有些心软，松下了绷紧的身体。但他发誓冬天时他肯定不会这么做！

很快，小雷又发现了一只松鼠，比小狐狸刚刚错过的那只更肥，只不过，它坐在一根低矮的树枝上，如果他爬树的话，一定会惊动它的。

可是……他能跳那么高吗？

"加油！"小雷在心里给自己鼓劲，"你能行的。"

他疾跑上前，绷紧浑身的肌肉，用最大的力气蹬地，后腿的关节都刺痛起来，他的身子跃进半空中，那只松鼠正用恐惧的眼神呆呆地望着他。

傻子！

小雷狠狠地挥出一掌，松鼠被击得飞起来，然后摔在地上不动了。小雷腹毛划过树枝，稳稳地落在地上。

"太棒了！"小狐狸满脸崇拜地望着小雷，"你会成为一只飞天猫的。"

小雷朝她笑了笑，低下头把那只松鼠咬死，用沙土小心地将它掩埋起来。

"我也可以！"她斗志昂扬道，"等着瞧吧，我爬树一定比你厉害。"

他们继续往密林深处行走，光线愈发暗淡起来。

"看！"小狐狸压低声音说，小雷也看到了那个灰棕色的小身影，它正飞快地往树上窜去。

"现在有一个可以证明你爬树技能的机会了。"他对她说。

"嗯。"小狐狸郑重地说，当她刚迈出第一步时，一个金色的身影从一簇树丛里冲出来，抓着树皮攀缘而上，速度丝毫不亚于那只松鼠。

松鼠很快就被她逼到了一根树枝尽头，她轻而易举地咬死了它。

"嘿！你怎么抢我猎物啊？"当她叼着松鼠从树上下来时，小狐狸不服气地对她喊道，小雷却认出了那个熟悉的身影。

"蛾梦！"他惊讶地说。

蛾梦本来没有理小狐狸，直接向林中奔去，听到小雷的喊声，她停了下来，转过头。

"是你？"她那对异色的眸子里散发出某种说不清、道不明的光芒，"嗯，真巧啊！"

"你干吗抢我猎物？"小狐狸挤上前，愤愤地说，"啊！怪物！"当看清蛾梦的异色双瞳后，她发出一声尖叫，躲到了小雷身后。

"小狐狸，她不是怪物。她是一名巫师，名叫蛾梦。"小雷告诉她。

小雷注意到蛾梦的眸子里那种光芒消失了，她把嘴里的猎物吐出来，扔在他们面前，"拿走吧，我不需要。"她冷冷地说，转身飞奔而去。

"不过是只高傲的母猫。"小狐狸发出一声嘶叫，小雷觉得小狐狸实在很没礼貌。

"小狐狸！"他提醒她，"那是蛾梦对我们的馈赠！"

"喊……"看着小狐狸的表情，小雷内心中对她有点失望了。

"走吧。"他激情全无地说道，"我们会捕到很多猎物的。"

虽然中途发生了一点小小的不愉快，但小雷的预言确实实现了。

当他和小狐狸叼着两只松鼠和一只肥田鼠回到巢穴时，凤毛的眼中放出了光芒。

"哦，你们做得太好了！"他喊道，"真不错。"

"好厉害呀。"一只灰白色的母猫走上前，温柔地摩擦着妹妹。她应该就是小狐狸提到的云雀了。

在这片浅坑的角落，已经堆起了一个小小的猎物堆，他们在来路上捕到的松鼠和老鼠都放在里面了，还有一只麝鼠，估计是云雀抓到的，现在里面有六只猎物。

"其他的猫呢？"小雷环顾浅坑，看到柠檬跟金风蜷缩在一角聊天，柠檬雪白的毛发和金风金色的毛发混在一起，使她们乍看上去像一只巨大的花斑猫。

"哦，他们还没回来。"凤毛告诉他们，"你们是回来得最早的。"

他话音未落，小竹子和小雨已经拨开两丛灌木，走了进来。小雨的嘴里叼着一条大鱼，那条鱼滑溜溜的，小雨只不过偏了偏头想顶一下枝叶，鱼就从她的嘴里滑落，沿着浅坑的边缘滑进底部。而小竹子叼着一只比他还大的水老鼠，拖着它的尾巴，看上去费劲极了。这还只是一只水老鼠的幼崽。

"哦！宝贝儿。"金风冲上去帮忙，"你太厉害了！"

"这附近有水老鼠？"凤毛浑身的毛发竖立起来，"水老鼠是森林里最大的老鼠！一只成年的水老鼠可以轻易地杀死一只猫！"

"我没闻到成年水老鼠的味道。"小竹子淡定地耸了耸肩，"我只发现这只幼崽躺在河岸上晒太阳。我就跟她——"他用尾巴指了指小雨，"一起包抄过去把它杀了。"

小雨展示出几个身上的爪印，可怜兮兮地说："不过小竹子真的很厉害！"她双眼放光，"他站在河边，一爪就把这条鱼捞上来了。"

在大家的赞美声中，小雷眼角瞥到莓莓进入了巢穴。她的收获好像不怎么样，只抓到一只黑鸟。

"猎物不多。"莓莓失望地说，"河谷里的蓝莓和越橘都还没长出来。我这只黑鸟——"她向自己可怜的猎物点了点头，"是来看看蓝莓有没有结果的。"

"当然，它很失望地收到了一个否定的答案。"金风安慰地用鼻子蹭了蹭女儿，打趣道，"而且，还遭到了杀身之祸。"

小雷"扑哧"笑了出来，其他猫也全部笑了。大家一起舒舒服服地聚在柔软的羽毛上，享受着午后的凉爽和丰富的猎物。

"好饱啊……"小雷吃了自己抓到的田鼠，又忍不住吃了半只黑鸟，感觉肚子有点撑，不禁昏昏欲睡起来。

我们可以把那条鱼带给小风……他迷迷糊糊地想道。

这时，凤毛的声音又响了起来："猜猜……谁是第一名？"

"小竹子和小雨获得第一名！"凤毛宣布道，"大家没有意见吧？"

小雷有点失望。

不过，他们的两只松鼠中有一只是蛾梦抓到的。这样想来，凤毛的决定是很公平的。

第三章 新朋友

"奖励是什么？"小竹子"腾"地坐起身，满怀期待地舔了舔自己的脚掌。

"奖励嘛——"金风接话道，"战斗训练回来后，你们可以第一个挑选猎物。"

"战斗训练？"小雷惊讶道。

可是……他们不是还要去看小风吗？

"小雷。"他能感受到柠檬来到了他身边，她呼出的气息拂动着他的耳朵，"我们可以明天再去看小风。"她低语道，"凤毛是一只伟大的战斗猫，和他学习战斗技巧的机会是不可多得的。要知道，森林里有狐狸、狼和野狗，你们要学会保护自己。"

"好吧。"小雷同意她的说法。小风，等等我们吧。

"哦！好耶！"小竹子一下跳了起来，"冲呀！"

"你能不能别那么急。"小雷瞥了一眼灰白色的小公猫。话一出口，他立即后悔了，小竹子蓝色的眼睛里冒出火一般的光。

出乎他意料的是，小公猫并没有发作，只是勉强地朝他点了点头，"行吧。"他凑到小雷身边，"不过……我很期待跟你对战哦！"

"你会被我打得屁滚尿流。"小雷开心地假装竖起毛发。

"不，我不会。"小公猫推了推他，"你才会被我打得落花流水。"

"我不会！"小雷气愤地反驳道。

"你就会……"小竹子扑到小雷身上，小雷迅速反击，他们扭打在一起，不一会儿就滚到凤毛面前。

"别闹了！"红毛公猫说道，"别像只幼崽一样，你们会有很多机会战斗的。"

小雷把压在他身上的小竹子推开，抖抖皮毛，站起来。

"现在，跟我走。"凤毛领头爬出了浅坑，小雷连忙跟上。

"走这条路。"金风说，小雷回头望了小雨一眼——她刚刚想往森林里走，妹妹黄色的眼中有几分不自然的羞愧。

"嘿。"小雷放慢脚步，挨着妹妹，"每只猫都会犯这种错的。"

"喊。"小竹子的声音悠悠然地从前面传来，"居然有这么笨的猫，难不成我们在森林里训练吗？"

"这有什么大不了的？"小雷怒视着他。这只猫非要把所有不经意的小错都嘲讽一遍吗？

"要是你想在树根上打架，我绝对不拦你。"小竹子甚至没有回头看他们一眼，高傲地仰起头。

"你……"小雷还想继续说，小雨轻轻地碰了碰他，"别说了。"她恳求道。

"你怎么……"小雷有点疑惑，很快就明白了她的意思，"没事，凤毛和金风不会因为这点小矛盾就不教我们的。"他安慰妹妹。

小雨的眼中闪过一丝怪异的笑意："其实我不是……哦，算了。"她说，"谢谢你。"

"不用谢。"小雷轻快地蹭了蹭她。

凤毛拐上一条怪石嶙峋的小径，路旁像犬牙一样的岩石纵横交错，在树林中隔出一条特别的通道来。

小雷不喜欢这条路，脚垫下的岩石被正午的太阳晒得滚烫，直至现在热意还未退去，路上的沙石嵌进了他的脚掌，踏在这里像被灼烧着一样。

"哦，天哪。"前面的小竹子发出一声呻吟。

"别叫啦。"他身边的云雀用爪子轻轻击了一下弟弟的耳朵，"每只猫的感受都是一样的。"

小竹子又呻吟了一声，凤毛回过头来。

"别担心，孩子们。"他愉快地说，"到啦！"

小雷冲上前去，眼前是一片被金银花丛围绕着的空地，藤蔓上已经冒出了小小的绿芽，几个可爱的花骨朵正含苞待放，等到盛夏时，这里肯定花香四溢。

凤毛和金风来到空地上，柠檬坐在一旁。

"在森林里生活，狐狸和狼是最大的威胁！"凤毛开口说，"野狗一般不会进入密林深处。而狼呢，只有一大群猫才可以应付，如果你们单独碰到狼，那不管你战斗技巧多好，肯定必死无疑。"

天哪！小雷心生恐惧，害怕地低下头舔了舔自己的爪子，想把那些小石子弄出来。他环视一周，发现身边的几只母猫都在颤抖。

"小雷，你的爪子怎么了？"柠檬走到小雷身边，低下头查看他的脚掌。

"有些石子。"小雷对母亲咕哝道。柠檬开始舔舐他的脚掌，小雷感到一丝温暖。

凤毛继续讲课："你们觉得狐狸应该怎样对付？"

"它个子比较大，所以肯定比猫笨拙。"小雷抢答道。

"它的皮毛比较厚密，所以比较难抓。"云雀冷静地说。

"很好。"凤毛指指金风，提高声音说，"假如我是一只狐狸，现在，金风来攻击我。"

金风扑向"狐狸"，爪子在"狐狸"身上灵敏地撕了一下，然后迅速跳开。"狐狸"被激怒了，大步走来伸爪向她攻击。她冲到"狐狸"的侧腹下，爪掌象征性地划过，但如果是在真正的战斗中，狐狸的腹部会被撕开一道长长的口子。然后她趁"狐狸"还没反应过来，抓住对方的毛发翻到它的背上，"狐狸"受到攻击瘫软在地，金风便将爪子插进地里牢牢地控制住"狐狸"。

"看到没？"凤毛站起来，舔舔自己被抓得凌乱的毛发。"就这样！"

"大家分组来试一试吧。"金风说。

听到金风的话，小狐狸戳了戳小雷："喂，小雷，你扮狐狸。"

"凭什么呀？"小雷反对道，"你叫狐狸，所以是你扮演狐狸。"

"讨厌！"小狐狸哼了一声。

"够了。"金风走过来把他俩分开，"你们俩不要在一起练了。小狐狸，你和云雀合作。小雷可以跟莓莓练。"

"我才不想跟你这只骄傲的小母猫练呢！"小雷目不斜视，得意扬扬地走到漂亮的虎斑母猫面前。

"小雷，你来打我吧！"莓莓踮起脚，嘴里发出嘶嘶的声音。

小雷看着这只母猫，她的眸子中闪烁着顽皮的光。

"狐狸，我来啦！"小雷向她眨了眨眼睛，开口吼道。

他用后腿猛蹬地面，朝莓莓扑去，在空中把爪子缩进去，轻轻地在母猫背上拍了一下，接着迅速闪开。

"可恶的小猫咪，胆子居然如此之大！"莓莓又发出一声怒吼，踏着重重的步伐上前，喉咙里发出隆隆的声音。

小雷俯下身往前冲，钻到莓莓雪白的腹部下，轻轻地拂过她柔软的毛发，接着抓住一撮毛，腰部用力往上一个弹跳，就把她推翻压在了身下。

莓莓在他身下扭动："快让我起来！"

小雷轻轻跳起来，余光看到凤毛正向他们这边走过来。

"干得不错，小雷。"凤毛笑着说。

"现在，我们来继续下一个动作……"

"小风可以回家了。"夜樱说，"这里有很多患者，小风回家休养更好。"

"你确定吗？"柠檬担忧地说道，"他需要休养，我还照顾着两个精力旺盛的孩子，哪里有时间来照顾他呢？"

蛾梦正在一旁掰正一只脱了臼的母猫的骨头，听到这句话，她抬起头来说："小风比一只吸饱了血的跳蚤还要健康，他完全可以跟另外两只小猫一起捕猎。"

"这怎么可以呢？"柠檬简直要惊呆了，"小风脸上还有这么多横七竖八的伤疤呢！"

"伤疤是非常正常的。"蛾梦把嘴里咀嚼的草药吐出来，敷在那只虎斑母猫骨头的接合处，"很多比较重的伤口都会留下伤疤。"

"你们治不好吗？"柠檬大声质问道。

蛾梦拾起两块薄薄的木板，把它们固定在母猫的伤腿两侧，用一根长长的草茎捆住。"好了，你可以走了，注意不要让木板掉下来，每两天来这儿换一次药。"她嘱咐那只母猫，继而回过头望着柠檬。

"巫师也是猫！"她怒斥道，"我们不是无所不能的，你的两个儿子都活了下来，你应该感到幸运！"

"可是，他这张帅气的脸就毁了呀！"柠檬惊讶地说。

"帅气不帅气又有什么关系？"蛾梦反问道，"一只伟大的猫做出了一件英勇的事情，为森林中的其他猫所敬仰，靠的是他的勇气与智慧，而不是一张帅气的脸。这些疤痕代表着他的勇敢，幼年时就能为自己的错误负责，这是一份荣耀而不是耻辱！他是一位英雄。"

小雷也觉得母亲有点不对劲，为什么她好像不想让小风回来呢？听到蛾梦的喊声，他心里竟有几分舒畅，况且，母亲的反应的确是大惊小怪。

他凝视着漂亮的年轻母猫，她金黄色的毛就像阳光一样明亮，她异色的双眼好似大海那般深邃。

跟莓莓和小狐狸那样的小母猫比起来，她是特别的。

"妈妈！"小风焦急地喊了一声，"我们不要给夜樱和蛾梦添麻烦了，我们回去吧。"

　　"行吧。"柠檬有些放不下面子地昂起头，"我们走。"

　　静谧的森林安静地匍匐在雪山山脉一隅，陷入了沉睡之中。满天繁星和静谧月光之下，一只白色母猫带着两只小猫，行走在森林里。

第四章　爱

夏日的一个清晨，绿叶凝翠，晨曦在林，鸟鸣动野。

小雷把一只田鼠扔在地上。

小风自己蜷缩在角落里，小雨躺在柠檬身旁，柠檬为她梳理着毛发。

"妈妈，你越来越胖了。"小雨开玩笑地说。

小雷看向妈妈，小雨说得有道理。这个月，妈妈的身材逐渐变得丰满起来，白天容易疲乏，行动好像也没以前那么敏捷了。上次捕猎的时候，她就踩断了一根树枝。

"宝贝们，"柠檬开口宣布道，"我有一件大事要告诉你们。"

小雷与小雨躺在一起，竖着耳朵倾听。

"我怀上了麟角的孩子，"柠檬说，"我要搬到河边去住了。"

"什么？"小雷不敢置信地喊道。

"真的吗？"小雨依恋地紧挨着母亲。

"孩子们，我们会有机会再见的。"柠檬冲三只小猫点点头，"而且，你们已经成年了，现在，我将正式的名号赐予你们。"

"小雷。"柠檬扬着头，"从此以后，小雷这个乳名将被摒弃，你现在就是雷焰了，这个名字，是为了昭示你像燃烧的火焰一样

第四章　爱

拥有充沛的战斗力。"

雷焰心中满是激动，他用鼻子碰了碰母亲的额头，这才发现自己已经跟母亲一般高了。

"小雨。"紧接着，柠檬走到小雨面前，轻柔地抚摸着她的头，帮她舔着毛发，"从此以后，小雨这个乳名将被摒弃，你现在就是雨晴了，我们的生活会遇到很多不如意的事，比如冬天时猎物会匮乏，愿你以后遇到每一件麻烦事后都可以雨后初晴，冬天来了，春天还会远吗？"

"谢谢！"雨晴激动地用鼻子磨蹭着母亲。

接下来就是小风了，雷焰紧张地凝视着，他知道母亲一直因为小风的伤疤不太喜欢小风，母亲会给小风取一个什么寓意的名字呢？

"小风。"柠檬开口说，"从此以后，小风这个乳名将被摒弃，你现在就是风殇了——"

殇！？雷焰惊得大脑一片空白。怎么会这样？"殇"这个字，是死亡的意思啊！

"'殇'会提醒其他的猫儿注意你的伤痕。"柠檬平静地说，"它能描述出你的容貌，但不一定代表你的心。去证明给大家看吧。"

"谢谢。"风殇没有表情地点了点头。

"那么，再见了，孩子们。"柠檬轻轻地说，迈步走出了这个灌木掩映下的温暖的家。

"妈妈走了……"雨晴瑟缩起来。

"我们已经成年了。"雷焰安慰妹妹，"不要紧，每只猫都有这么一天。"

"在找伴侣之前，我们还可以一起住在这儿。"风殇冷静沉稳地说道，雷焰才意识到哥哥比他成熟许多，"我们先去捕猎吧。"他朝雷焰刚刚抓到的那只田鼠甩了甩尾巴，"光靠一只田鼠，不管它有多肥，我们仨可没法吃饱啊！"

"我可以留在这儿吗？"雨晴问道，"我还想再怀念一下母亲。"

"可以啊。"风殇同意道，"你就守护着我们的巢穴吧！"他来到雷焰身边，"走，我们去河边打猎。"

"好。"雷焰向哥哥走近几步。

他们走出灌木丛，冲下覆盖着蕨类植物的山坡，向河边走去。

他们沿着参天古木间浅浅流过的小溪往前漫步，在大河与森林中的那条小溪交汇的地方，风殇停住脚步："雷焰，看我。"

雷焰饶有兴趣地坐下来，紧紧盯着风殇。

风殇潇洒地一跃而起，钻进河水中，溅起一大片浪花，他滑动着四肢，潜进河底深处，直至他银灰色的毛发与河水融在一起。

当他浮起来的时候，嘴里叼着一条亮闪闪的银色大鱼。

"太厉害了！"雷焰衷心地称赞道，"你是什么时候自学成才的？"

"我喜欢水。"风殇俏皮地眨眨眼睛，却是答非所问，"清凉的水能让我平静。"

"抓鱼难吗？"雷焰问道，他还没有吃过鱼呢！

"我觉得不难。"风殇说，"河底有一个漩涡，里面挤满了肥肥的大鱼。"

雷焰心血来潮："那你教我，怎么样？"

"好呀！"风殇答应了，"你先下水吧。"

雷焰小心翼翼地沿着河岸爬下去，然后慢慢地走入水中，冰冷的河水逐渐浸过了他的口鼻部位。

"啊！"他发出一声大叫，他的爪子脱离了地面，翻卷的水流把他冲得七扭八歪。

"吸一口气！"风殇叫道，"滑动你的四肢，往下游！"

雷焰照着他的话做了，水进入眼睛里的感觉有些难受，他拼命胡乱挥舞着爪子，却总也摆脱不了水的阻力。

风殇游到了他身边，雷焰照着风殇的动作，终于找到了自己的节奏，开始慢慢下潜。

那个漩涡近在眼前，里面挤满了亮得炫目的银色大鱼，风殇修长的爪子往里面伸去，抓着一条鱼就缩了回来。雷焰学着风殇的样子，也伸出一只爪子去抓鱼，可是鱼身上长着滑溜溜的鳞片，怎么也抓不住，他拼命地抓着，终于把爪子刺进了一条肥厚的鱼的肉里。

"呼、呼……"雷焰把鱼扔下，大口喘着气。

"怎么样？不错吧！"风殇笑嘻嘻地在他身旁坐下。

"算了吧。"雷焰朝他翻了个白眼，"还是老鼠更适合我。"

"那就露一手呀！"风殇怂恿道。

雷焰没好气地瞥了哥哥一眼，俯下头开始嗅闻猎物的气味。

一股香甜潮湿的味道钻入雷焰的鼻孔。

河鼠！

他看见了地上微小的脚印，蹑足循着脚印向前追过去，很快，一个小小的棕色身影就映入他的眼帘。

他蹲下身，放轻爪子，熟练地爬过去，一个扑跃，迅速把这个柔软的家伙抓在爪子里。

风殇来到他身边，用爪子戳了戳这个小东西，它徒劳无功地挣扎着，发出吱吱的叫声。

雷焰与风殇相视一笑，接着把这只河鼠放开，感到天降幸运的猎物飞快地往前逃跑。

雷焰飞奔过去，跃过一段树根，再次扑住了它。

"干得漂亮。"看着雷焰一口结果了这只猎物，风殇称赞道。

"现在轮到你抓一只森林猎物了。"雷焰紧靠着哥哥，尾巴与他交缠在一起。

"我？"风殇惊讶地眨了眨眼，"你确定吗？"

"我都下去抓鱼了。"雷焰翻了个白眼。

"好吧。"风殇摇了摇头，"或许我应该尝试一些不同的风格。"他甩着尾巴说，"你想让我抓什么？"

"一只肥美的老鼠怎么样？"雷焰建议道，"雨晴从小就喜欢吃老鼠。"

"是吗？"风殇的眼中飘过一丝恍惚，雷焰才意识到哥哥错过了什么。

"那个……没事的……"他想要出口安慰，可是已经来不及了，风殇颓丧地坐在河岸上。

"为什么？"他狂躁地说，"当时我叫你演老鹰，你受伤了，那我不是应该负责吗？为什么妈妈搞得好像我做错了什么事一样。"

雷焰紧紧贴着哥哥："没事的，还有我呢，我永远都是你的好兄弟。"

"谢谢你，雷焰。"风殇低声喵呜，但雷焰无法忽视那双黯淡的蓝眼睛。

"那我们现在是往回走吗？"雷焰问道。他想尽量考虑哥哥的感受，因为哥哥为了救他，真的受了很多苦难，猫儿们都排斥他，现在就连妈妈都不喜欢风殇，雷焰永远不会忘记当哥哥第一天从夜樱的巢穴回到他们的巢穴时，妈妈要求他自己另铺一个窝。

后来他们一起去捕猎，每次柠檬抓到猎物，一转头看到风殇的脸时，眼中总是布满了惊恐。

"我们随便逛逛吧。"风殇声音低哑，"我想和你在一起。"

"好。"雷焰陪着哥哥，沿着溪流漫步，此时的森林仿佛能察觉到风殇的情绪，浓密的树叶没有沙沙地响，水流冲刷在清晰可见的卵石上，好像也没有了清脆的响声。

"雷焰，你瞧，那是蛾梦吧？"风殇的声音打破了这片平静。

雷焰往前望去，果然是那名漂亮的巫师学徒。他心中一震，上次蛾梦对柠檬尖锐的话语又回响在他的耳边。她平时很高冷，说话甚至还有些刻薄。可是她上次毫无惧色地说的那一番话却十分睿智，一只被敬仰的猫靠的是勇气和智慧，她真是这样想的吗？这吸引着他，他想要了解她。

为什么是风殇先发现的她呢？他突然想打自己。

"怎么又是她。"风殇嘀咕道，"她虽然长得漂亮，但说话像刺一样。"

"她上次不是还帮你说话了吗？"雷焰提醒他。不知足的家伙，他在心里妒忌地想。

"一次而已。"风殇耸耸肩，丝毫没有发现弟弟的异常，"我跟她生活了那么多天，但我每一天都在想你们。"

"哦。"雷焰心不在焉地答应了一声，他俩还一起在巫师巢穴里面待了那么多天呢！他心里好像有一只小怪兽在横冲直撞，不过……风殇脸上那么多伤疤，她应该不会喜欢他吧！

可是，那一天正是她说，她看重勇气和智慧，而不是容貌。

正当他在心里胡思乱想的时候，蛾梦也发现了他们，朝他们走来。

"小风、小雷，你俩不捕猎，出来乱逛什么啊？"

她还叫我小雷？她是不是只把我当成一只幼崽？雷焰不满地反问她："小雷？谁是小雷？请叫我雷焰，谢谢。"

"雷焰……"她打量着他，好像第一次意识到他已经比她高了一样，"不错的名字。"她说，"你呢？小风？你叫风什么？"

她只关心风殇吗？雷焰苦涩地想。

"我叫风殇。"风殇回答。

蛾梦的眼中有几分惊讶，也有一丝了然："柠檬取的？"

风殇点点头。

他们两个的交流好有默契……雷焰越想越难过。

"你去哪儿啊？"他鼓起勇气，开口问道。

"去凤毛和金风的巢穴。"巫师的声音又变成了平常那样，没有一丝感情的波澜，"金风又怀上了一胎，我得去给她检查一下。他们大点的那几个孩子也快成年了。"

"那几个孩子早就把他们的大名宣扬得全天下都知道了。"风殇笑着说。

蛾梦同意地喵了一声，眼中又出现了笑意。

那几个孩子？蛾梦和风殇居然把小狐狸他们叫作孩子？他们都是雷焰的好朋友啊！雷焰开始怀疑，也许对他们来说，只有他们自己和露珠雨、琥珀光才算得上是成年猫，而雷焰只不过跟小狐狸一样，是一只幼崽而已。

风殇还在说话："要不要我们陪你一起去？"

"好呀。"蛾梦说，她把刚刚放在地上的一些草药叼起来，"走吧。"

雷焰跟在风殇与蛾梦后面麻木地走着。

也许，他是不是……可以对蛾梦主动表白心迹？

很快，那个承载了雷焰幼年许多回忆的浅坑就出现在了眼前。

过不了多久，那里面就会有另一窝小猫爬动了。

恰巧，小狐狸和她的同胞姐弟们都在里面，这个浅坑，已经稍稍显得有些拥挤了。

雷焰小的时候，竟会觉得这个浅坑是个大大的游乐场，现在想想就觉得可笑。

"你们好呀。"金风的小腹高高地隆起，可能离生产已经不远了。

"金风，这几天有什么异常吗？"蛾梦问道。

"我能感觉得到，小宝宝在里面踢踢打打。"金风满脸幸福，笑着说，"这算异常吗？"

蛾梦也被逗笑了："这不算异常，但你快生了，要小心一点。"

"好的，我知道。"金风顺从地咽下蛾梦推给她的叶子，"呸！苦死了。"

"然后你可以再吃这个。"蛾梦拿出另一种叶子，叶子上面好像沾了一种黏稠的金色液体，"我放了点蜂蜜，用来改善口感。"

"谢谢你，你真是太体贴了。"金风咕哝道，"为什么另一种不能放呢——虽然这一种更苦一点。"

"我的蜂蜜库存不多了。"蛾梦解释道，"蜂蜜不好找，完全要看运气。到时候你生产还得要用很多呢！"

"好吧。"金风说道。

这时，雷焰感到有一只猫爪子戳了戳他，他才发现莓莓和小狐狸悄悄地溜到了他身边。"小雷，你还好吗？"

"我现在不叫小雷了，叫雷焰。"雷焰告诉她们。

"你成年了！"两只小母猫异口同声地叫了出来。

"恭喜啊！"莓莓说。

"不知道我什么时候才能成年。"小狐狸的眼中有几分嫉妒。

叼着一只松鼠的凤毛打断了小狐狸的话："这是给你的，蛾梦。"他说。

"还有夜樱的一份。"蛾梦回答。

"爸爸！"小狐狸不满地喊道，"你为什么要给她猎物？"

她好像很讨厌蛾梦的样子，雷焰在心里想道。

她不会是因为妒忌吧？这个想法冒出来，吓了他一大跳。

怎么可能？他有什么特殊的吗？小狐狸为什么会喜欢他？

"你能不能聪明点儿？"凤毛暴躁地责骂道，"巫师每天给我们治病，他们自己难道要饿肚子吗？"

"不用说成那样子。"蛾梦平静地说，"我们明码标价。"

气氛一时间变得有些尴尬，直到金风发出一声痛苦的呻吟。

"我肚子……肚子疼……"

蛾梦迅速地按揉她的肚子。"坏了。"她低声说，"要生了。"

"啊？"几只猫异口同声地惊讶道。

"谁能替我回巫师巢穴取点草药？"蛾梦焦急地问道，"风殇……"

她想让风殇去。雷焰安慰自己，也许只不过因为风殇在巫师巢穴住过，对那里比较熟悉而已。

"我去吧。"雷焰主动上前说。

"好。"蛾梦一边打量着他，一边说，"你帮我拿蜂蜜、覆盆子叶和……等一下，夜樱不在！"

"那你对我描述一下吧。"雷焰建议道。

她顿了一下，然后快速地说道："覆盆子叶上面沾了一些红色的果汁，边缘有细细的锯齿。百里香味道芳香，花是淡紫色的，叶子是椭圆形的，我刚采来一株，放在水边的石头上晾晒。"

雷焰对她说道："我知道了。"随后他就冲出了巢穴。

他在森林中一路狂奔，感到自己从未跑得那么快，一棵棵大树被他远远地甩在后头，风吹拂着他的毛发，一切都是那么酣畅淋漓。

作为巫师巢穴的古树已近在眼前，雷焰钻进树洞，树皮的凹凸处整齐地放着一小堆一小堆的草药，他很快便发现了蛾梦需要的东西。

他踮起脚取下一块蜂巢和几片叶子。他看到一块大石头上有一株新鲜的植物，开着小小的淡紫色花儿，心想这肯定就是百里香了。他把花叼在嘴中，蜂蜜的香甜气味勾得他垂涎欲滴。接着，他快速往回奔跑。

"干得不错。"正为金风按摩肚子的蛾梦从雷焰嘴里叼过药草，她银色的胡须轻轻地拂过他的腮边，蹭得他痒痒的。

他环顾四周，发现凤毛、风殇和小竹子都不见了，"公猫们呢？"他用随意的口气问道。

"我叫他们去拿点水来。"蛾梦喂金风吃了几片覆盆子叶，"他们围在这儿只会碍事。"

雷焰的心中一下子激动起来，蛾梦没有让他走，是不是说明……他是特别的？

"幼崽不少。"蛾梦又把蜂蜜小心地往金风口中滴去，"你这次要渡一个大难关了。"

"上……上次我都……都生下了五个……孩子……"金风呻吟着反驳道。

"这次不会少于六个。"蛾梦开始给她喂百里香，"有可能是八个。"

"我的母亲……生下了……十只幼崽……"金风呻吟道。

"她是她，你是你。"蛾梦颇有些严厉地说，"你们的身体不一样。"

这时，凤毛、风殇和小竹子也走了进来，每只猫的嘴里都叼着一大团浸水的苔藓。

"你们是要把这个巢穴淹了吗？"蛾梦打趣道，"还是想把这个浅坑变成一个池塘呀？"

她从凤毛的嘴里接过那一团鼓鼓的充盈着水的苔藓，轻轻地放到金风嘴边。水从苔藓里滴下来，金风张开嘴，就像幼崽吃奶一样饥渴地吮吸着新鲜的水。

"她没事吧？"凤毛担心地问道。

"很难说……"蛾梦轻轻叹息道。

突然，金风发出一声痛苦的尖叫。

她拼命尖叫，扭动着身体，一只红色幼崽从她的身体里面滑了出来。

蛾梦上前查看："嗯……它斜着出来的，所以金风特痛苦。"她解释道，"放心吧，接下来会好些。"

果不其然，金风的肚子蠕动了一下，第二只红色虎斑小猫就滑了出来。

"你舔这只，你舔那只。用力地舔，把胎膜舔掉。"蛾梦叼起第一只递给凤毛，叼起第二只放到莓莓面前，还对小家伙咕哝了一声，"这是你姐。"

两只猫依言照做，蛾梦又开始用力按摩金风的腹部。

"希望金风没事。"雷焰看着金风痛苦的表情，心中暗暗祈祷。

第三只也是在金风持续不断，而且一次比一次高亢的叫声中出来的，蛾梦一直沉默不语，而雷焰和其他猫再担心也不敢开口问。

突然，金风又开始了剧烈的扭动，她的叫声已然嘶哑，雷焰听在耳中都能感受到那种痛。金风曾经教授他捕猎和战斗技巧的美好回忆一幕幕地呈现在眼前。

金风的叫声戛然而止，第四只幼崽滑了出来，她就再也没有了动静。

蛾梦深深地叹了口气："节哀。"

凤毛一下子扑到金风那渐渐冷去的身躯上。金风的三个女儿也依次来到她身边，围着母亲的身体坐下，脸上都是悲痛的神色。

小竹子发出一声愤怒的长啸："你不是巫师吗？"他质问蛾梦，"你为什么让她离我们而去？"

"巫师不是万能的。"蛾梦的眼中也有些悲伤，她坦坦荡荡地同小竹子对视，"我尽力了，可我也无法阻挡死亡的到来。"

小竹子看上去就像要打她一样。雷焰心里不禁为蛾梦捏了把汗。他的肌肉已经绷紧，如果小竹子敢动蛾梦一下，他立即就会扑上去。但灰白色的年轻公猫最终还是克制住了自己。"妈妈是不会让我杀你的。"他嘟囔着，随即走到姐姐的身边。

"那她肚子里面其他的幼崽呢？"最后，还是风殇开口问道。

"死在里面了。"蛾梦摇摇头，"可怜的孩子啊……"

她出声叫道："悼念金风还有很长时间，先想想怎么照顾这几只幼崽吧！"

凤毛焦急地问道："那他们吃什么呢？"

"你有两个选择。"蛾梦冷静地告诉他，"一，给孩子们喂蜂蜜，但整个森林的蜂蜜估计都不够他们吃一周的。二，找一只在哺乳期的母猫。"

凤毛点点头，脸色仍然充满忧虑。

"开心一点吧。"雷焰尽力打破沉重的气氛，"先给金风用生命换来的这些孩子起名字吧？"

"好。"凤毛摸摸最大的那只红色小猫，眼中放出了一丝光，"他很像我。"

"是的，很像你。"云雀站在一旁，温柔地说道。

莓莓建议道："不如……叫它小凰？"

蛾梦突然笑了："各位，那是只小公猫！"

"公猫怎么了？小凰这个名字不好听吗？"小狐狸问出了雷焰的心声。

"凤凰是上古时代的一对神鸟。"蛾梦解释道，"雄鸟名凤，雌鸟为凰。若一只小公猫名凰，未免显得不伦不类。"

"哇哦，你知识好渊博！"雷焰赞美道。

蛾梦淡淡笑了笑。

"叫他枫枫怎么样？"风殇提议道，"枫树的枫。"

"这是个好名字。"凤毛赞同地说。

"好主意！"莓莓怜爱地舔着一身红毛、酷似自己的枫枫，"那我们全用树的名字起名怎么样？"她说，"老二就是橡橡。"她又转头去抚摸那只金色的小虎斑猫。

"这只很像我。"小竹子现在看上去没有他刚听到母亲去世那个消息时的悲愤了，他用雷焰看到过的最轻柔的动作抚摸着灰白毛的老三，"我想给他取名，桦树皮就是银白色的，叫他桦桦吧。"

"那这只呢？"小狐狸望向最后一只——刚刚是她帮着舔掉了这一只小猫的胎膜，他拥有与金风酷似的金色皮毛和碧绿眼眸，"它长得真像母亲。"她有些失望地说道，"可惜，是个弟弟。"

"那又怎么样？"凤毛用不容置疑的口气决定道，"他就叫小金。"

"枫枫、橡橡、桦桦、小金，欢迎你们来到这个世界上。"雷焰站在角落里，望着地上的四只嗷嗷待哺的小猫，在心中低语，"希望，你们能健健康康地长大，成为像你们母亲那样高尚的猫。"

"好了。"蛾梦摇摇尾巴，"现在，就是凤毛的家务事了，雷焰，风殇，我们，嗯……一起走吧！"

雷焰敏感地注意到了她把自己的名字放在了风殇的名字前面，并为此高兴了好一阵子。直到蛾梦出了这个巢穴，他才急忙跟上去。

"我先回巢穴去。"风殇看上去更冷静一些，毕竟他跟金风相处的时间没那么长，"我知道雨晴非常钦佩金风，我要把这个不幸的消息告诉她。你呢？雷焰？"

雷焰刚想对哥哥说"我与你一道回去"，却感觉到身旁的蛾梦顶了顶自己。

这令他又吃惊又兴奋，他对哥哥摇摇头："你先回去吧，记得安抚好雨晴，这一天内，她遭遇了双重打击，我要抓一只肥硕的老鼠给她。"

"不用你说。"风殇不耐烦地说，轻盈地向他们的巢穴的方向奔去。

直到风殇银灰色的身影隐没在了丛林中，雷焰才回头看向那位一直令他心摇神曳的漂亮巫师。

"雷焰……"母猫用一种他从未听过的温柔声音呼唤他的名字，她的眼中带着笑意和一丝哀伤，"你为什么要表现得那么明显呢？"

"明显？"雷焰惊讶地重复道，难道……她都知道了？

蛾梦的眼中带着温柔的笑意："难道，你以为我看不出你遇见我时的惊喜吗？难道，你以为我看不到小竹子质问我时，你绷紧的肌肉吗？难道，你以为我看不懂我跟风殇讲话时，你眼中的酸涩吗？我是故意的呀，傻瓜，我怕我控制不住自己呀，可是……你表现得还是太明显了。"

"为什么要控制呢？"雷焰满心都是快要涨出来的惊喜。

"因为巫师不能动情呀，更不能生育。"蛾梦紧靠着他，喃喃说道。

雷焰又吃了一惊："没事的。"他柔声安慰她，"我们可以在森林最偏僻的地方悄悄幽会，没有猫会知道的。"

"我命由我，不由天。"蛾梦盯着他，那双平常冷淡、今天却格外温柔的异色瞳冒出了亮闪闪的光芒，"上天和制定了这个规则的祖灵们没法阻止我。"

"是的。"雷焰赞同道，"没有猫能阻止我们。"

"接住喽！"雷焰一跃而起，把口中的松果向蛾梦扔去。

蛾梦跃到半空中，轻盈优美地转了个圈，张口咬住松果，轻盈地落到地上，又将松果扔给他。

雷焰伸长脖子一咬，却与松果错过了。

"呼，这个我玩不过你。"雷焰踢了一脚地上的松果，让它"骨碌骨碌"往森林中滚去，"你准头太好了。"

"你知道就好。"蛾梦得意地说道。

雷焰一屁股坐下来，在一棵松树的树干上磨起了爪子。

森林已渐渐入秋，天气自然凉爽了许多。这一个月以来，雷焰和蛾梦都在松林深处幽会，风殇、雨晴或者夜樱，这些有可能知道他们俩秘密的猫，没有一个阻止他们。

"我还是觉得一切乱了套。"雷焰向蛾梦倾诉道，"现在，柠檬成了麟角的伴侣，而金风用生命换来的第二窝宝宝里面，有一个甚至没活过一个礼拜！"

"没事的。"蛾梦柔声说，"柠檬可以为剩下的三个孩子哺乳，而橡橡与他母亲团聚了，有什么不好的吗？"

"那云雀鸣呢？"雷焰低声问道，"她还那么年轻呢！"

蛾梦的身体在发抖，她嘶声叫道："你非要这样揭开我的伤疤吗？"一周前，云雀鸣和红莓心一起抓到了一只肥兔子，这本来是一件非常好的事，然而她们却被一只野狗盯上了。野狗撕开了云雀鸣的肚子，又咬断了红莓心的一条腿。虽然狐心和竹笙及时赶到，但云雀鸣还是没能逃脱死神的怀抱，红莓心的腿经过治疗后虽然有了好转，但她以后再也不能像正常的猫那样奔跑了。

"对不起。"雷焰歉意地说，他知道，蛾梦对这件事有些自责。

"想想开心的事吧。"蛾梦温柔地建议道，"红莓心跟蓝莓冰在一起了。"

"真的吗？"雷焰兴奋地问道。

"据说有只小母猫很不高兴呢！"蛾梦开心地说。

"红莓心和蓝莓冰，听名字就像是天生一对。"雷焰打趣道。他们会组成一个和睦的家庭，生下一窝宝宝，而他和蛾梦，永远也无法做到……

第五章

第一次战斗

"雷焰！"狐心轻盈地跳跃着，"你来抓我呀！"

雷焰在充满弹性的松针上奔跑，忽然，他纵身一跃，把狐心抓住。

"抓到你了。"他喘着气，笑着说，"快，我们现在去捕猎吧，要不然，你会把这片森林里所有的松鼠都吓跑的。"

"哎呀，你一点意思都没有，不觉得这很有趣吗？"狐心从他爪下挣脱出来，沮丧地抱怨着，踢得松针胡乱飞舞。

雷焰默默地向前走去，嗅闻着空气中松鼠的气味，心中不由得升起对蛾梦的思念。

第一波寒流来得出其不意，感冒和发烧困扰着猫儿们，尤其是一窝窝新生的幼崽们。夜樱的年纪越来越大，身体也越来越虚弱，这几周蛾梦忙得团团转，他们已经很久没有相见了。

蛾梦已经和他约好，今晚出来散步。

现在是冬天，猎物这么少——事实上，他在三天内只吃了一只老鼠，今天也只抓到一只松鼠——为什么狐心会只想着玩呢？

"行吧，我们一起去捕猎，你别生气。"狐心凑到他身边，故意摩擦着他，"冷死了，我们挨近一点吧。"

雷焰叼起那只被扔在一旁的松鼠，继续向前走，他没有拒绝她——毕竟，她是一个出色的猎手。

他们在河边碰到了风殇，他看上去有些健壮了。"看来你生活得很好呀？"雷焰上前打招呼。

风殇是在半个月前搬出灌木丛的，他嫌那个巢穴离河边太远，捕鱼十分不方便。他在雷焰第一次——也是最后一次——跟他学习游泳的那个地方，也就是在大河分流出小溪的地方，找到了一个完美无瑕的巢穴。

"进来吧。"风殇惊喜地欢迎他们，"好久没见你了，我去你们那儿找你的时候，你都不在。"他亲密地咕噜着。

雷焰不好意思说，除了夜里，其他时间他基本上都是与和蛾梦一起在森林里漫步，于是他连忙转移了话题。"嗯，你这个巢穴真的很完美啊！"他赞美道。

这是一块小巧的三角形地带，面前两条水流交汇，背后是一个暖和的沙质洞穴。这里的河岸很高，不论是野狗还是狐狸，都不能直接下到这里来。唯一通往这里的那条碎石铺成的小路，风殇也搬来了许多荆棘丛放在上面，仅留出一条只容许猫勉强进入的通道。

"单独住在这里，一出门就可以抓鱼，吃完鱼就只有睡觉，其实也挺无聊的。"风殇说道。

"你是不是想要一只漂亮的母猫跟你一起住在这儿呀？"雷焰靠近哥哥，开起了玩笑。

风殇立即反击道："那你呢？"他用尾巴指了指狐心，"你们俩一天到晚都一起抓松鼠。"他故意放慢了语速，拖着音说，"真的都是在抓——松——鼠——吗？"

"喂！"雷焰并不喜欢哥哥开他和狐心的玩笑，"别乱说！"

"行吧。"风殇舔舔嘴唇，"也许我确实需要一只漂亮的母猫，不过我得先去抓条鱼给我的客人吃。"他迈步走向河边。

"风殇，如果河流结冰了，你该怎么办呢？"雷焰担忧地问。

"就等结冰的那一天再说吧。"风殇说，"也许我会去捕森林里其他的猎物，也许我能想到一个在冰面上抓鱼的方法。"

"可是，这么冷，你还要下水吗？"雷焰问道，"这段时间蛾——巫师们那里有好多病猫呢！"

"当然不用。"风殇耸了耸肩，"我可以站在岸边，用爪子把鱼抓上来。"

说着，他闪电般地挥出一只爪子，他的爪尖好似只从水面上掠过，一条肥美的大鱼便被他扔到了岸上。

"太厉害了！"雷焰和狐心同时惊呼道。

风殇带着笑意说："你们会爬树追松鼠，我就不行。我在森林中捕猎的时候，动作也很笨拙。"

"那不能一概而论嘛，你还是很厉害。"雷焰看着大鱼，食指大动。

"你俩先吃吧，我还能抓。"风殇仿佛知道他在想什么，又抓上来一条，甩到狐心面前。雷焰不好意思地笑了笑，对着鱼肉大咬一口。

鲜美的鱼肉被饥肠辘辘的雷焰一扫而光。

"你抓鱼的技术怎么这么好。"雷焰钦佩地问道。

风殇对他勾了勾尾巴，笑而不言。

雷焰出去一看，不禁瞠目结舌。

宽阔的河道头一次显得有些狭窄，因为里面挤满了游动的鱼群，成百上千，雷焰这一辈子都没看到过那么多鱼。

"有些鱼群为了度过这个寒冷的冬天，要洄游到遥远的湖泊去，它们会经过这里。"风殇解释道，"有些鱼群为了产卵，要游到适合它们产卵的地方去。"

"哇哦，风殇，你懂得好多呀。"雷焰敬佩地说道。风殇可以自己学会捕鱼，可是是谁告诉他这些的？

风殇只是淡定地舔着自己的爪子。这可不像他的作风。

"哦，也许我们该告辞了？"雷焰故意说道。

"别呀，雷焰，我们多久没见了？"风殇扑上来，"再在我这儿待一会儿吧。"

"好吧。"雷焰用假装很勉强的口气说。

风殇把雷焰迅速地拉到洞穴的角落里："雷焰，我知道你在想什么，但那是个秘密。"他低声恳求道，"如果有一天我能说出去了，一定第一个告诉你，好吗？"

雷焰心中生起一股愧疚感，他跟蛾梦的秘密，他也没有告诉风殇呢。"好。"他答道。

"谢谢你，雷焰。"风殇郑重其事地说道。

雷焰转移了话题："你还记得，我们还小的时候的那个冬天吗？"

"当然记得。"风殇咕噜着笑起来，"就在那个冬天，我获得了这个。"他自嘲地用尾巴指指脸上纵横交错的疤痕。

"那是你英勇无比的证明。"雷焰提醒他，心里更加歉疚了。

风殇不回答，却剧烈地咳嗽起来："咳！咳……咳！"

"你没事吧？"雷焰关心地问道，"去蛾梦那儿看看吧。"

"不……咳……不用了。"风殇说，"咳咳咳！"

"你肯定是捕鱼的时候感冒了。"雷焰坚持道，"你最近肯定是跳到水里去捕鱼了，对不对？"

"没……咳……好吧，对。"风殇又咳了两下。

"那就别坚持了。"雷焰推推他，"走，我们去巫师巢穴。"他叼起他带来的那只松鼠，"我们还可以把这个带给夜樱和蛾梦。"

"好吧。"风殇终于不再坚持，乖乖地让他推着，爬上河岸，往巫师巢穴走去。

"那个……"狐心有点尴尬地插话道，"我就不去了。"

雷焰知道她和蛾梦有点不太对付，他也巴不得能跟哥哥单独相处呢。

狐心离开后，雷焰便和哥哥一起向巫师巢穴走去。

刚走到古树附近，就听到蛾梦焦虑的声音传来："夜樱，来，吃点款冬花好吗？"

"我会照顾自己！"年长的巫师暴躁地说道，"蛾梦，我还年轻，不要我稍微咳一咳就给我拿药草好吗？"

"蛾梦！"雷焰放下松鼠，走上前喊道。

母猫惊喜地回过头来："雷焰，雷焰！"

风殇的咳嗽声打断了她的喵声。"你出什么事了吗？"她大步上前问道。

"这种天气他还跳到水里捕鱼。"雷焰抢着解释道。

夜樱突然也咳了起来，一口鲜血被她吐在了地上。

"夜樱！"蛾梦惊呼道。

雷焰有点惊讶，巫师也会生病吗？他也有些担心夜樱。

"夜樱，吃点紫菀。"蛾梦喘着气，飞快地取来一些淡紫色的干花。

夜樱这次没有再反驳，她顺从地咽下了那些药草。

"风殇，先吃点紫苏草吧。"蛾梦把一些叶子递给风殇。

"蛾梦！蛾梦！"正在风殇舔食着草药的时候，一个声音从外面传来。雷焰好奇地探头望去，一只年纪较大的母猫带着一只有些苍老的公猫站在外面。公猫的皮毛是黑色虎斑的，看上去显得有些暗淡。母猫的斑纹皮毛有点泛灰，但浅色的部分想必曾经和雪一样白。

"蛾梦。"那只母猫扔下一只极其瘦弱的麻雀，说道，"立秋的关节又疼了。"

"白露把它看得太严重了。"那只公猫用嘶哑的声音满不在乎地发表着自己的意见，"我都这么大岁数了，每天捕猎，关节当然会出一点小毛病啦。"

雷焰倾听着他们的名字，应该是使用节气起的，好美的名字。

蛾梦拿出一些白色的干花，轻声说道："试试这个，白花丹。如果有用，就再来找我要。"

夜樱忽然从地上叼起麻雀，重新塞给他们。

"好的，谢谢你，蛾梦。"白露叼起白花丹，眼神飘忽不定，最后还是试探性地问道，"那个……蛾梦，我们不用给猎物吗？"

蛾梦看向夜樱，后者摇摇头。

"太感谢你们了。"立秋对夜樱和蛾梦郑重地点了点头，叼起麻雀，与白露向森林中走去。

"这是凤毛和麟角的父母。"蛾梦介绍道，又有些责备地对夜樱说，"你为什么不要他们的猎物？"

夜樱叹着气说，"蛾梦，巫师治病的时候是需要同情心的，你要学着多体谅其他猫，白露和立秋老啦！"言下之意仿佛在说："我也老了"。

"可是，你还很年轻啊！"风殇讶异道。

"夜樱。"蛾梦把雷焰刚刚带来的松鼠放到夜樱面前，"看看它，又柔软又新鲜。"她快速地凑到雷焰和风殇的耳边，低声说道，"巫师大多都有驻颜之术，夜樱的年纪远比你们想象中的大。"

夜樱咬了一口，机械地咀嚼着，看上去毫无食欲。

"那个……蛾梦，我们就先不打扰你了。"风殇开口说道。

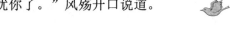

第五章　第一次战斗

雷焰此刻正痴痴地凝视着蛾梦，风殇的话把他猛然惊醒了。

蛾梦说："听说最近森林里有狐狸，单独穿越半个森林还是不太安全。我去附近送下药草，雷焰可以陪我去。风殇，你帮我看着点夜樱，监督她吃完这只松鼠，好吗？"

风殇不太情愿地点了点头。

"蛾梦，你真是太机智了！"等到确定夜樱和风殇听不到他们的谈话，雷焰便立刻笑起来。

"过奖过奖。"蛾梦嘴里叼着一捆药草，带着笑意的喵声还是很清楚。

"你要去哪儿呀？"雷焰问道。

"先去看一只幼崽，然后去你母亲那里。"

雷焰担忧地瞪大眼睛："妈妈还好吗？"

"不是柠檬。"蛾梦说，"生病的是你同母异父的妹妹。"

说着，他们已经到达了一个被稀疏的灌木覆盖着的小巢穴。一只母猫带着一只小猫趴在里面。

"这个巢穴有点像我小时候那个，但防护作用简直太差了。"雷焰评论道，"这简直就只是一丛灌木。"

那只瘦弱的虎斑母猫抬头望了他一眼，从她的眼神中，看不出她心里在想什么。

蛾梦瞪了他一眼，从草药包里拿出一些蓝色的浆果，放在母猫面前："你可以试一试给坚果吃这个。"

地上那只看上去虚弱无力的虎斑小猫发出一声抗议的叫声：

"我不要吃药！"

"不是药啦！"母猫温柔地安慰他，"是好吃的，甜甜的浆果。"

看着小猫试探性地把果子放进嘴里，蛾梦笑了笑，示意雷焰离开。

"居然还有一胎只生一个的。"雷焰惊讶地喵呜道。

"当然有啦。"蛾梦取笑道，"不过那只母猫可不只生了一个。"她悲悯地叹息了一声，"在你出生之前，你的父亲去世了，那只母猫的丈夫却在她怀孕期间离开了。她生下了五个健康的宝宝，却无法养活他们，有四只幼崽已经死于饥饿和病魔，刚刚那只小公猫最大，也最坚强，希望他能活下来。"

雷焰有些惊讶，在他看来，柠檬好像总有足够多的奶水喂养他和哥哥姐姐，那个时候，他丝毫没有感受到冬天的艰难。

接着，他们沿着河岸一路向下游走去。

夜幕降下，静谧中潜藏暗涌，繁星闪着光芒，河水在他们身边哗啦啦奔流而过。

蛾梦嗅了嗅："狐狸的味道。"

他猛然转过头望着她："你是说真的？"他还以为那只是一个让他陪她出来的借口而已呢！

"当然是真的。"蛾梦无所谓地耸耸肩，"有什么大不了的吗？"

"可是，我没有对付过狐狸，很危险的！"雷焰惊叫道。

蛾梦的双眼在黑暗中闪闪发亮，"是我们两个，好吗？"

雷焰不好意思地咕哝一声，他不敢告诉她他觉得她没有任何战斗力，"好吧。"

他认真嗅闻空气，的确有一股极寡淡的臭味，而之前他没有任何察觉，蛾梦的感官之敏锐令他钦佩。

"你可真傻。"蛾梦轻柔地碰了碰他的胡须，"我知道我从没练习过战斗技巧，但我们并不一定要跟狐狸作战。我们只需要把它引开，引到有足够的力量对付它的猫面前。

兴奋和羞愧两种情绪在雷焰的头脑里交织，使得他毛发刺痛："好主意！"他尽量平静地说话，不想让蛾梦察觉他刚刚已经设想过他们俩都死在这里的可能性。"琥珀光、露珠雨，还有蓝莓冰和红莓心，他们都住在河岸下那片洞穴里，离麟角和柠檬不远，对吗？"

"是的。"蛾梦的目光一片柔情，但在温柔的遮掩下，雷焰觉得她知道自己想的是什么，只是没嘲笑他而已。

"现在走吧！"第一次作战！雷焰兴奋得毛发直竖，"你来找气味踪迹，好吗？你的鼻子比我厉害。"

蛾梦俯身去嗅沙土："往这边走。"她敏捷地爬上河岸，往密林里小跑而去。

雷焰没有再开口，只是紧跟在她身后。蛾梦在厚厚的落叶上轻盈地飞奔，但当他踩上去时落叶却发出沙沙的响声，他也顾不得隐蔽自己，只能跟着她飞快地穿过一簇簇灌木和蕨丛。

"到了。"蛾梦停在一簇树根前。

雷焰眯起眼睛，若他追着猎物经过这里，估计还真发现不了这是一个巢穴，盘结的树根和高大茂密的植物遮住了这条陡峭的小径。这个入口非常宽敞，也许对狐狸来说有些狭窄，但猫可以轻而易举地进去，这里比他见过的任何猫的巢穴都要隐蔽。

"狐狸比你想象的要聪明。"蛾梦瞥了他一眼，看到他脸上不经意间流露出的惊叹表情，打趣道，"我进去把它引出来。"

"不！"雷焰讶异于她竟会有如此想法，"肯定是我去！"

"雷焰，我不是幼崽了。"蛾梦认真地说道，"你会的战斗技巧可能比我多，但如果你被狐狸困在巢穴里面，照样会丧命。我个头比你小，动作比你快，而且你的毛色更鲜艳，容易被发现。不管怎么考虑，我活着出来的可能性更大一些。你就负责找好路线，我一出来你就跑，我跟在你后面。"

雷焰承认她的分析有道理，"好吧。但我还是无法想象，我们为什么要在有可能会死掉的情况下来主动找狐狸。"

"如果我们不来找狐狸，狐狸就会来找我们的。"蛾梦笑着说，"一只猫对它来说可是一顿丰盛的美餐。"

"行吧。"雷焰凝视着她，"一定要回来，好吗？"

"当然。"蛾梦笑着点点头，俯身从树丛中钻了进去。雷焰依照她的吩咐，开始寻找最适合的逃生路线。

狐狸步伐很大，所以他们不能直接去河岸边，必须先在树林里跑，然后再跳下河岸。

他紧盯着狐狸巢穴，不一会儿听到一声难听的哀号。蛾梦肯定已经顺利地抵达狐狸巢穴，并在那丑陋的红色大脸上抓了一爪。

蛾梦金色的皮毛很快就隐隐约约出现在了树枝的缝隙中，雷焰绷紧肌肉，拔腿狂奔，在他身后，树枝被拨开的沙沙声响起，蛾梦和狐狸跑了出来。

"天哪，太爽了！"蛾梦一个纵跃，跳到他身边，与他并肩奔跑。雷焰身上的每一块肌肉都投入在奔跑上，但蛾梦看上去还有些轻松，好像在享受奔跑一样。

好吧。雷焰也把所有的力量都尽情地投入进去，这种感觉的确非常舒爽。夜风在他耳边刮过，星群洒进树林的光辉似乎也没有那么冰冷了。

他猛然向右一个拐弯，蛾梦立刻心领神会地变道，他们大喊麟角和他儿女的名字，同时跳下河岸。

狐狸跟在他们背后，沉重的身体落在沙地上，发出沉闷的响声。

这时，一声雄威阵阵的怒吼响起，麟角从一个洞穴里冲出来，而不远处的几个小洞穴里，琥珀光、露珠雨、蓝莓冰一起跳了出来，落在沙地上，往狐狸这里奔来。

"从不同的方向联合打它！"麟角吼道，"不要让它跑了！"

"好嘞！"琥珀光应了一声，趁着狐狸正用两只前掌撕打麟角和露珠雨，从狐狸背后一跃，撕下一爪红色的毛发，但狐狸扭动着身体，把她甩到了沙地上。

雷焰怒火蹿起，一个收腰跳上去，两只后掌蹬在狐狸的肩膀上，爪子深深地插进狐狸的皮肉，前掌在狐狸的脑袋上撕抓，他感觉浑身的毛发火热，仿佛燃烧着火焰，充盈着勇气和智慧。

"干得漂亮！"蓝莓冰叫道，爪子在狐狸粗壮的后腿上撕开一条长长的伤口。

"雷焰！"麟角抓了狐狸一把，但肩膀也被狐狸击中了，"不要抓了！直接攻击狐狸的致命部位！"

"好！"雷焰又有些愧疚了，他只顾着享受撕扯这只红色动物的快感，却没想到，帮他引开狐狸注意力的伙伴们还处于危险中呢！

他低下头，用尽全力撕扯啃咬狐狸的后颈。终于，这只狐狸脖子上鲜血涌出，然后慢慢地倒下了。

"大家都没事吧？"蛾梦担忧地问道。

"我有几处擦伤，沙子里的石头硌的，没事。"琥珀光把皮毛上的沙子抖掉。

"我跟露珠雨都被狐狸抓了一下，如果可以的话，请你给我一点草药。"麟角一边检查着肩上的伤口，一边对蛾梦说。

"我没事！"灰色公猫抗议道。

"不要硬撑，受伤并不可耻。"麟角用尾巴堵住儿子的嘴，低下头查看他臀部的一道深深的抓痕，"你最好也敷点草药。"

"好，我会送药过来的。"蛾梦一口答应，"多谢你们了，我现在就回巫师巢穴拿药。"

"蛾梦！"琥珀光气恼地喊道，"你是跟我们一起长大的，怎么这么见外呢？现在这么晚了，你真想从这里跑到巫师巢穴再回来吗？今天晚上先在这儿休息呀！明天再去，没关系的。"

"好吧。"蛾梦和朋友温柔地碰碰胡须，"我担心你们的伤势嘛！那你们先去把伤口清洗一下吧。"

"好。"琥珀光答应道，走到河边，把沾了沙子的伤口浸在水里。麟角和露珠雨也来到她身边，也把伤口浸在河水里。雷焰听到他们倒吸了一口凉气，但是他们谁都没有吭声。

顶着斑纹脑袋的红莓心从洞里探出头来，小心地问道："冰，狐狸走了吗？"

"被杀死了。"蓝莓冰回应她，"你可以来吃点狐狸肉，为宝宝增加营养。"

红莓心从洞中出来，一瘸一拐地向他们走来，她的肚子已经很大了，走起路来很不方便。蓝莓冰立刻冲了过去，在她瘸腿的那一侧支撑着她。

等他们走到狐狸面前，红莓心稳稳地坐在地上后，蓝莓冰才开始剖开狐狸的小腹。

"呕。"琥珀光悄声说，"有点儿恶心。"

蓝莓冰在腹部挑了柔嫩的一处，撕下长长的一条肉递给红莓心，母猫立刻大口咀嚼起来。

"没有老鼠或松鼠好吃。"她说道，"但在冬天有这么大一份猎物，真是不错。"

这时，多日不见的柠檬也从那个大大的洞穴里睡眼蒙眬地走出来，几只半大的小猫叽叽喳喳地围绕在她脚边，"有什么事吗？"她问道，"为什么外面这么吵——雷焰！你怎么来了？"

"我和蛾梦遇到一只狐狸。"雷焰回答母亲的问话，"我们把它引到这儿来了。"

柠檬看到了空地上那巨大的红毛尸体，向后缩了一下。这时，几只小猫已经在狐狸身上蹦跶起来了："我们杀死了狐狸！"

"别闹了，孩子们，都大半夜了！"柠檬把小猫召集回来，"狐狸不会跑的，明天早上你们再玩，好吗？"

"那个，雷焰，如果你不介意，我想先把孩子们带回去睡觉，明天再叙旧，好吗？"

雷焰点点头，其实他们都知道，对猫来说白天和夜晚没有什么区别，猫明明是夜之精灵。

麟角、柠檬和小猫的身影消失在了大洞的洞口，蓝莓冰扶着红莓心也回他们的洞穴去了。琥珀光开口说："雷焰，蛾梦，你们就在这儿睡吧，蛾梦睡我的洞穴，雷焰，你可以跟露珠雨睡。"

蛾梦没有说话，雷焰也默认了她的安排。蛾梦跟着琥珀光走去，进洞之前回过头来，对雷焰眨了眨眼，朝着两只公猫的方向说："晚安。"

"那，雷焰，你跟我来吧。"露珠雨说，带领着雷焰向他的洞穴走去。

雷焰一言不发地跟着他，用爪子扒住洞底，把自己拉进洞里，洞口比较窄小，但里面却有宽阔的空间。

"这些洞穴好适合猫居住呀。"雷焰把露珠雨推给他的那些铺床材料聚成堆，"唔，为什么会有这么多松针？"

"如果你不想早上起来发现你的毛发里全是沙子的话，最好在下面垫一层松针。"露珠雨回答。

雷焰把松针铺好，然后垫上一层宽大的树叶，再放上柔软的羽毛，舒舒服服地躺在了上面。露珠雨在他身旁躺下。

一阵冷风从洞口吹进，虽然窄小的洞口已经阻挡了绝大部分的风，但雷焰还是打了个哆嗦，向露珠雨靠近了点儿。

露珠雨问道："听说柠檬给你的哥哥起的名字叫'风殇'？"

"是的。"雷焰想到哥哥和那个秘密，不禁又叹了口气，不知道谁能治愈哥哥的心病，"他有些难过。"

"如果他再难过，你可以替我转告他，也许我该改个名字，叫露珠淹。"露珠雨呼出的温暖的气息居然凝出了雾气。

雷焰想到他们第一次见面时，琥珀光说的"露珠雨出生的时候差点被一颗巨大的露珠淹死"，不禁咕噜着笑起来。

"明天估计会下雪。"露珠雨发出一声带着睡意的叹息，他翻身趴着，把口鼻搁在爪子上，以免压到自己臀部的伤口，"晚安。"他说道，"睡个好觉。"

"晚安。"雷焰闭上眼睛。

第六章

真相和离别

雷焰沿着河岸俯身探寻，希望能找到一只河鼠。他抬头望着树林，余晖星星点点地洒在光秃秃的树枝上。不久太阳就要落山了，而他一只猎物也没抓到。

唉，也许我在松林里能找到几个冬眠的松鼠的窝。他沮丧地往河岸上走去，此时，一阵喵呜声传进了他的耳朵。

雷焰猛然回头，在结冰的河对岸，有两只看上去十分相似的银灰色公猫。陌生的那只更加壮硕一些，在猎物匮乏的冬季，他的身体依旧十分健壮。另一只四肢修长，双眸和天空一样蓝，脸上可怖的伤疤昭示着他的身份。

雷焰迅速狂冲了几步，上了河岸，隐蔽在一丛灌木里面，探出头观察，幸好风殇没看到他。

要是蛾梦在这儿就好了，他沮丧地想。隔着一条大河，冰下哗啦啦的水声令他根本听不清他们在说什么！

一阵凛冽的风将一声咆哮送到他耳中，雷焰连忙仔细倾听。

"结了冰就不能捕鱼，你就不会吃别的吗？你怎么这么蠢！"这个陌生的雄浑声音，应当是那只强壮公猫的了。

风殇小声地说了句什么，雷焰听不清。

"在森林里抓不到猎物，你不会练吗？"强壮公猫的吼声再度响起，"你为什么要像只虫子一样，在地上小心翼翼地爬呢？你有腿，你可以跳！"

说着，强壮公猫往空中飞身一跃，雷焰甚至都看不清他的动作，好像是他在半空中借助一块石头再次一蹬，一个二级跳，迅速地把自己拉上了河岸。这一整套动作流畅无比，惊得雷焰目瞪口呆。

"怎么样？"公猫又是一跃，直接潇洒地落在了风殇身边，他稳住身子，"儿子，你拥有和我一样的腿，你完全可以利用它们来猎取树上的松鼠，轻而易举，不是吗？"

雷焰更加吃惊了，刚才，那只公猫叫哥哥"儿子"！

他喘着气从灌木丛里冲出去，直到跑到林间一块远离河流的空地上才停下来。他深吸了一口寒冷而清新的空气，爪子用了一点力，抓过自己被风吹乱的毛发，一阵浅浅的疼痛传来。

他不是在做梦！

一个细小的声音在他头脑里响起，并在他心里不断地盘旋。

他真的没有想过吗？为什么凤毛和麟角的孩子，大多长得都与他们的父母那样相像？露珠雨、蓝莓冰或是竹笙和桦桦，与白露和立秋都很像。

而他和他的哥哥姐姐呢？柠檬跟雨晴都拥有一模一样的白皮毛、黄眼睛，柠檬也确实对雨晴尤为宠爱。而风殇是银灰皮毛、蓝眼睛，的确与那只强壮公猫更为相似。这或许可以解释，为什么风殇为了救回他，把他的伤挪到了自己身上之后，柠檬便对他渐渐疏远，甚至一度厌恶到要给他以"殇"字作名字了。只有雨晴，雨后初晴，是拥有美好的寓意的。也许，只有雨晴是柠檬亲生的。

那，如果风殇是那只强壮公猫的孩子，而雨晴是柠檬的亲生女儿……

那和谁都长得不像的他，又是谁的儿子呢？

雷焰像一只毫无力量的小猫崽一样无助地趴在空地的正中央，把头埋在两只前爪里，试图理清楚脑中的思绪，可是做不到，他发现脑袋里面一团乱麻。

有谁可以帮助他吗？

能让他信任的……

可是蛾梦，你在哪儿呢？

他无力地站起身，拖着好似灌了铅的四条腿，往巫师巢穴的方向一点一点走去。往常好像只要一下就能到达的距离，突然变得那么遥远……

"雷焰！"一声欢快的尖叫声在他身后响起，一只猫跳到他身上，他下意识地绷紧身体准备反击，突然之间他的眼睛被一双柔软的爪掌蒙住了，"猜猜我是谁？"

雷焰第一感觉那就是他的亲生母亲，但很快便发现那不可能。

"蛾梦。"他喘着气说道，"你越来越幼稚了。"

巫师从他身上跳下来，把一只在寒冬里显得格外诱人的松鼠扔到他面前，"吃吧，我刚找到了这个小东西冬眠的洞穴。"

"谢谢你！"雷焰低下头，在松鼠的背上咬了一大口，温热的血液流进他嘴里，带着森林味道的松鼠肉富有弹性。

"这是天下第一佳肴。"雷焰一口气吃完，满足地舔舔嘴角。

蛾梦笑了，笑容中却不着痕迹地流露出一些悲伤："雷焰……我有件事想跟你说。"

雷焰停下清理嘴角的动作，诧异地望着她。

"我有了我们俩的孩子。"蛾梦深吸了一口气，慢慢地说。

孩子！

是不是意味着……他和她就可以像蓝莓冰和红莓心那样，拥有一个平凡而幸福的小家庭？

"真是太好了！"他热情地对她喵呜。

"可是……我是巫师。"她脸上的表情看上去痛苦而纠结。

他朝她眨眨眼睛："那你或许得暂停履行巫师职责一段时间。"

她叹了口气："雷焰，你可能不了解巫师的规矩，如果夜樱知道我怀孕了——"

"她会杀了我的。"

"不可能！"雷焰瞪大眼睛，"你是她的徒弟呀，你犯了错就改嘛！大不了，你就向她保证，我们俩从此不再见面了。"

"不是的。"蛾梦摇摇头，"很多猫都觉得，成为一名巫师很好，因为巫师拥有法力，他们不会遭受饥饿和病痛的折磨，并且能长久地保持年轻活力的状态。可是，如果巫师违反了他们的规矩，就会被反噬。"

"怎么反噬？"雷焰陷入了震惊之中。

"你不记得夜樱脸上的伤疤了吗？那就是她像你我这么大的时候，违反了另一项巫师法则。她那时天真而骄傲，对几只与她互相看不顺眼的小母猫威胁道，如果她们不服从于她，她就利用巫师的法力，把她们变成浑身布满伤疤的老母猫。"

"所以，她就被反噬了？"

"是的。"蛾梦沉重地点点头，"当那几只小母猫嘲讽她的时候，她意图显出法力来恐吓她们，但她却——嗯，自己晕倒了，当她醒来之后，就变成了这个样子。不过呢，她也不是全然没有收获。"

"收获？"这还能有什么收获？

"嗯，那几只小母猫被吓了个半死，把她送到当时的老巫师那儿去了。当她恢复之后，那几只小母猫就来找她，告诉她大家很担心她，希望可以和她成为朋友。"

"真的吗？"雷焰热切地问道。

"真的。不过，那几只小母猫现在都已经去世了，因为年纪太大了。"

"啊！"雷焰情不自禁地叫了出来，夜樱居然已经那么老了！

"不要再关心夜樱的年纪了。"蛾梦提醒他，"如果我以巫师的身份生下孩子，我自己死去都是轻的了，我更担心的是我们的孩子……肯定缺……有各方面的问题。"

"那怎么办呢？"雷焰感觉自己的心在胸腔里"怦怦"地跳动，万一蛾梦也没有方法，那该怎么办？

"我们逃走吧！"蛾梦紧盯着他，双眸亮晶晶的。

雷焰刹那间想到了那件事。

"那个……蛾梦，你先听我说件事，好吗？"接着，他便把今天看见的事情以及对自己身世的怀疑，全部一一道来。

最后，他问道："蛾梦，你知不知道森林里有金红色毛发，琥珀色眼睛的公猫或母猫？"

蛾梦一言不发地倾听，直到雷焰问她了她才开口，一语中的地说："据我所知，没有。你是想去找你的亲生父母，对吗？"

"是的。"雷焰承认道。

他充满期待地望着她的眼睛，等待结果："这难道不是一件两全其美的好事吗？"

"是的。"她承认道，"但是，雷焰，你要想好，你真的能放得下这里的一切吗？"

"我是一个孤儿，除了收养我的麟角和教育我的夜樱，这里没有什么值得我留恋的。但你不一样，你曾有一个家庭，有母亲，有哥哥、姐姐，还有很多教授你捕猎与战斗的老师，以及陪伴你共同成长的朋友。你能放得下他们吗？"

雷焰不再说话了，她说的话确实很有道理，他有风殇和雨晴，还有很多朋友，以及他的老师——脾气暴躁内心柔软的凤毛，以及德高望重威严正义的麟角，他真的能抛下他们，远走他乡吗？

可是，蛾梦是他的爱恋啊！

那一只清澈、一只明亮的异色瞳，那好似一缕阳光的金色毛发，以及她那具有催眠魔力的柔美声音和具有疗愈作用的芬芳气息。

他怎么能失去她呢？况且，他还可以去寻找他的亲生父母不是吗？

他深吸了一口气，下定决心，郑重地说道："我们一起去吧，蛾梦。"

蛾梦亲昵地用鼻头磨蹭着他的脖子，她的眼神是多么动人！

他整理着思绪，坐在柔软的草地上，蛾梦躺在他身边，像只小猫一样，把脑袋埋在他怀里。

"蛾梦啊……"他轻声说，"你知道未来的路，该何去何从吗？"

"我不知道。"他的挚爱抬起头，明快地回答，"但我知道，只要我们一直走下去，就会有结果的。"

"希望吧。"雷焰感到自己有些悲观了，可身旁年轻的巫师却不再理会他，而是直直地注视着天空。

现在，明月已升上夜空正中，在云朵的遮蔽下发出柔和的光晕。

"怎么了？"他问道。

"雷焰，今天没有星星！"她喊道，"今天的白天非常晴朗，简直是万里无云，晚上却没有星星！"

"没有星星，很奇怪吗？"雷焰有点摸不着头脑。

"这是一个征兆。"她猛地翻过身来，正对着他，严肃地说，"雷焰，我们不要再拖了！你赶紧回巢穴，好好睡一觉，睡到明天下午，再捉点猎物，好好吃一顿，傍晚的时候，来巫师巢穴边上找我，好吗？当然，如果夜樱在的话，你就藏起来，给我打个信号。"

"好。"雷焰答应道，他轻快地转过身，朝着巢穴的方向奔去。

他回到自己的巢穴——一簇被松树包围的灌木边，躺进自己的小窝里。松林中扬起阵阵植物的清香，云慢慢地飘走了，月光也渐渐明亮起来，远处绵延的山峦跟着被点亮，山峰起伏的轮廓逐渐变得清晰。风停了，松林的涛声慢慢平息，但雷焰心里的波涛仍然难平。

他一夜都睡得迷迷糊糊，中午刺眼的阳光透过枝叶照进来，唤醒了他。

他揉着眼睛困倦地爬起来，从灌木里钻出，用嗅觉寻找猎物的踪迹。

忽然，他眼前一亮。在厚厚的白雪上，赫然有一行细小的脚印。

太棒了！

雷焰顺着脚印追踪向前，很快，他便发现脚印的主人——一只瘦削的老鼠正鬼鬼祟祟地在雪地上蹿，试图寻找食物。

雷焰欣喜万分，他三步并作两步冲上去，一口咬住那只老鼠，直接把它从中间咬成了两半。

他大口把这只老鼠吞进肚里，继续追寻猎物。

他今天的运气特别好，虽然刚刚还在为没能捕到一只肥美的麻雀懊恼，但他很快便发现了那只麻雀的巢。他沿着粗大的树干攀爬而上，窝里有几只毫无反抗之力的雏鸟，他把幼嫩的鸟儿一口一只，吞吃入腹。

肚子饱了之后，浑身都是暖暖的，雷焰开始踏上前往巫师巢穴的路程。

眨眼间，晚霞已染红了长空，和风微凉，斜阳晚照，火烧云极尽妖娆。这一切像是在昭示着一段蕴含着爱情的逃离，雷焰打了个寒战，突然明白了昨天蛾梦的想法。

果然，不出蛾梦所料，夜樱在那儿。

老巫师懒洋洋地趴在粗大的树根上，双眼微闭，享受着残余的阳光，渐渐入睡。

雷焰悄悄拾起一根干枯的小树枝，将它折断，发出"啪"的一声。

蛾梦小心翼翼地从树洞里探出脑袋，雷焰从他隐蔽的树后伸出头，向她眨眨眼睛，蛾梦从树洞里跳出来，快步冲进树林里。

"吃饱了吗？"她愉快地喵呜。

"饱了。"雷焰回答她。

"那，我们现在就上路吧！"蛾梦把口中的药草包放下，把捆着药草包的一条长叶子抽出来，扔到一边，然后把药草推到雷焰面前，"吃了吧，这些有助于增强体力，而且让你短时间内也不会感到饥饿。"

雷焰低头打量着这些草药，两种晒干的白色菊花，一种皱巴巴的叶子，还有一种棕色的干巴巴的果实。

"为什么都是干的？"他感到一阵反胃，有气无力地问道。

"别说傻话。"蛾梦严厉地喵道，这时的她看起来不像是雷焰的伴侣，更像是他的母亲或姐姐，"新鲜的叶子更苦。"

雷焰乖乖地吞下草药，问道："我们往哪儿走？"

"我昨天卜了一卦。"蛾梦回答道，她甩着漂亮的长尾巴，

指着雪山，"那儿。"

雷焰迷惑地问道："别开玩笑了，猫不可能在雪山上生活。"

"不是雪山。"蛾梦把尾巴收回来，戳了戳雷焰的耳朵，"我们要去雪山的后面，但我们需要翻过它。"

雷焰打了个哆嗦："你确定吗？蛾梦，我们短时间内是不可能翻过雪山的，如果要，这几个星期里面，我们吃什么？住哪里？"

"会有办法的。"蛾梦不容置疑地回复他，"别的猫会欺骗我，眼睛和鼻子也会欺骗我，唯独水晶和火不可能欺骗我。"

"好吧。"虽然雷焰心中还在质疑，可他相信蛾梦的判断，同样相信一位巫师的占卜。于是，他乖乖地跟着蛾梦，在雪池里舔了几口水之后，便踏着积雪向山上攀缘前进。

第七章

守得云开见月明

雷焰踮起脚，把积雪全部拨拉下来，才用爪子抓住灰色岩石，往上爬去。在他身边，蛾梦后腿蹬地奋力一跃，想直接跳到挡在山间小径前的岩石顶端，雷焰低下头，咬住她颈背的浓密皮毛，把她叼到岩石上。

"接下来我们该往哪儿走？"他们本以为这条走了一个礼拜的环山小路便是最好的路线，谁知它竟然在临近顶峰处被截断了，连蛾梦的脸上都露出了束手无策的表情。

"你觉得那条路怎么样？"蛾梦边说边向一边指了指。

"你确定吗？"雷焰皱着眉，望着蛾梦指的截断小径的大块岩石中间的裂缝，"它又窄又陡。"

"我们也没有别的办法了，"蛾梦说道，"雷焰，我们不可能打退堂鼓。"

雷焰回头望着她。已经过去两个星期了，她的腹部已经有了一点突出，"唔，按你说的走吧。"

他率先钻进裂缝里往前走去，脚下是滑溜溜的冰。如果他或者蛾梦不小心滑了一跤，可能会引发一场雪崩，小时候他与风殇、雨晴一起玩的游戏跟这可没法比了。

第七章　守得云开见月明

想到这里，他又回想起了与他一起长大的两只猫，不知道风殇和他的亲生父亲怎么样了，雨晴是不是跟竹笙在一起了。

但他跟曾经的哥哥姐姐可能永远无法再见了，想到这里，他不禁悠悠地叹了口气。

"怎么了？"蛾梦关心地问道，"想起你的朋友了？"她有些黯然，"我也想夜樱了，那只臭脾气的老母猫，没有我在她身旁随时提醒她吃食物和药草，一阵倒春寒就会把她弄没命的。"她说起夜樱，语气里是满满的思念，"哎，山下估计已经春寒料峭了吧。"

她说着话，没有注意眼前的路。在石缝忽地往内延伸时，她差点一脚踏空，幸好雷焰及时拉住了她。

"呼！"蛾梦大口大口喘着气，"吓死我了。"

雷焰抬起头，看到往前的路时，惊喜地叫了起来。

大块大块的嶙峋岩石消失了。他们身处的这一块巨石裂开了一个口子，他们从石缝里钻出来，放眼望去，只有稀疏的树与皑皑白雪，云雾缭绕，如梦幻仙境。

"你说树林里有没有猎物呀？"雷焰问道。

山间的猎物极其匮乏，岩缝里偶尔才会爬出几只小老鼠或田鼠，但这种"偶尔"的概率小得可怜。大多数时候雷焰的肚子都在咕咕叫，他好像已经不知道吃饱喝足的日子是什么样了。

"会有的。"蛾梦看上去也很激动的样子。

他们终于走到树荫下，虽然长在雪山上的树木看上去也有些营养不良，可是它们毕竟是树哇！

雷焰仔细观察着四周，虽然一时还看不到猎物，可是树林里肯定会有猎物的。

蛾梦抖抖皮毛，她的长毛上已经凝出了几颗小水珠："我的天哪，山上可真冷。"

雷焰深情地凝望着她，蛾梦白他一眼，说道："雷焰，你做点正事好不好，我饿得很呢。"

雷焰尴尬地笑了笑，他一时忘了蛾梦肚子里还有孩子要吸取营养呢！他循着猎物的气味，向森林深处走去。

蛾梦跟在他身后，警惕地环视着四周。

能在雪山上生存的植物，以松树和柏树为主。雷焰隐约嗅到松鼠的气息。他记得他小时候捕猎的时候，一点都不喜欢松树林。

看到这些松柏，他又想起了金风的第二窝孩子。可怜的橡橡离开了这个世界，好在他的兄弟，枫枫、桦桦和小金正快速地成长着，他们现在肯定已经成为出色的猎手和战士了，毕竟他们有一位那么英勇的父亲。估计再过几个月，他们就可以使用正式名号了。金风在天之灵也会为他们而骄傲吧。

"那儿！"蛾梦的话打断了他伤春悲秋的思绪，只见她用尾巴指向前方，悄声说道。

雷焰也看到了那个灰色的小东西，它正在雪地上慢吞吞地往前走，雷焰悄无声息地向它跑去。他没有发出半点声响，当他纵身一跃将它咬死时，它还完全不知道怎么回事呢！

蛾梦抖抖胡须，看着松鼠脸上惊恐和疑惑的表情："它估计从来没有见过猫。"

雷焰把松鼠身上的肉和四条小腿分给蛾梦吃，自己则勉强咽下松鼠毛茸茸的尾巴，又把松鼠头嚼碎了吞下。

事实证明，他完全不需要这么做，因为当他们走了一段路之后，他又抓到一只松鼠。这一次，蛾梦坚持要撕一长条肉给他吃，并且那块肉比半只松鼠小不了多少。

"我吃不了那么多。"他坚持道，"我比较喜欢吃松鼠头。"

她再次翻起白眼："谁信啊！没事的，雷焰，等我们到达新家之后，你就有的忙了。"

她用甜美的声音笑吟吟地说道："你要抓很多老鼠给我，如果不行就抓松鼠来凑；你要负责给我梳理皮毛，帮我按摩酸疼的肌肉；你每天还得陪我们的孩子玩耍，还要教他们捕猎和战斗。"

雷焰刚想反驳她，才意识到她不过是在开玩笑。于是，他温柔地用尾巴蹭了蹭她的脖子和脸蛋："我很愿意做这一切，只要是为了你。"她咯咯笑了起来。

与蛾梦待在一起的时光是多么美好啊！

饱餐一顿后，他们再次并肩上路。这一次，他们仿佛回到了以前在森林中无忧无虑的时候，旅程变得轻松而愉快。

他们在树林里走过了一个又一个日升与月落。饿了，雷焰随处可抓松鼠；困了，他们便在树下小睡一会儿。他们很快便到达了山顶，蛾梦却忽地停住了脚步。

"怎么了？"雷焰一时没有注意，走了一段才意识到蛾梦没有跟上来，他回过头望着她。

蛾梦把鼻子凑在雪地上嗅闻，抬起头时，脸上是雷焰已经很长时间没见过的严肃表情。

"雷焰，有别的猫在这片松树林里生活。"

"什么？"雷焰此刻只有惊讶和不敢置信。

"这不可能！"他忍不住叫道，"这是雪山上面，你确定吗？你不是说过眼睛和鼻子会欺骗你吗？"

"可是，这里有猫的气味，非常浓重的气味，大概就在一天前，还有别的猫经过这里。"蛾梦平静地告诉他。

"那……我们要不要去寻找他们？"英俊的公猫心情慢慢平静下来，接着饶有兴致地开口道，"能在雪山上面生活的猫，本领肯定高强。"

蛾梦四处张望，仿佛期待看到从哪里钻出来一只猫一样，她赞成雷焰的想法："可以啊，说不定，这里就是我们的新家。"

雷焰准备开口反驳，又笑了起来。他老是不懂她开的玩笑，她和他一样喜欢阳光。

"那，我们去找找那些猫吧？"雷焰说，"反正我们现在也不急，我们还有大半辈子的时间呢。"

蛾梦也笑了起来，她再次低头闻着雪地，然后慢慢地沿着气味向前走去，雷焰跟在她身后。过了一会儿，他的表情变了，现在他也能闻到猫的气味了。她继续仔细分析，这儿只有猫的味道、雪的味道、松鼠的香味和松树的清香，不像森林里那样无数气味混杂，难以辨认。所以蛾梦轻易地辨认了出来，只有四五只猫的气味，几种味道极为相似，有一部分却多了一股淡淡的馨香。或许，这是一个家庭。

她正准备把发现告诉雷焰时，一声吼叫在他们身后响起。

"无知的小子！入侵者！"

蛾梦吓了一大跳。她猛地回过头去，只见一只大公猫从一棵松树后面冲出来，扑倒了雷焰。

蛾梦反应过来后，又惊喜又恐惧。惊喜的是，他应该就是他们正在寻找的生活在雪山上的猫。恐惧的是，他似乎对他们满怀敌意。

雷焰估计也是这么想的，一时间百感交集。他疏忽之中，已经被狠狠地压趴在了雪地里且毫无还手之力。

蛾梦看到他放松了肌肉，想表明自己没有打架的意图。那只公猫应该也看得出他的意思。

压在雷焰身上的猫感受到他放松的身体，于是从他身上一跃而下，等到雷焰抖抖身上的雪站了起来，他才开口说话："小子，你从哪里来？"

"我们是从山那边的森林里来的。"蛾梦抢着说。这只公猫的气场非常强大，她努力让自己保持镇定。此刻的雷焰肯定无法抗衡。

公猫眯着眼睛，毫不掩饰地打量着雷焰和蛾梦。蛾梦稍稍低下头，目光尽量不着痕迹地在他身上扫过，心尖忽地一颤。

这只公猫身材高大，肌肉强健，一身火红色的皮毛好似日光般耀眼，翠绿色的双眼明亮而有神。

他简直就是更加强壮一些的雷焰啊！

打断蛾梦思考的是那只公猫。

"你们要到哪里去？"他一本正经地问道。

"我们去雪山后面。"蛾梦回答他。

"要不要到我那里休息一下？"

蛾梦看见雷焰拼命向她摇头，他可能觉得这只公猫会给他们布个陷阱吧。她觉得他真的很傻，从森林出来之前还说要找亲生父母呢，现在一只很有可能跟他有血缘关系的公猫正站在他们面前，哪怕是刀枪火海，他们也要闯一闯。

她甜甜地笑了："好啊！"

公猫转身，大步朝前走去。

雷焰凑到她身边，有些愤怒地低声问道："你肚子里面还有孩子呢，我们最好还是抓紧赶路吧，最好能尽快到达我们的新家。"

蛾梦无奈地叹了口气，把自己的想法告诉了他。

听完蛾梦的猜测，雷焰不再说话了，若有所思地看着前面的背影。

走着走着，公猫忽地转过头来。

蛾梦一惊，以为他听到了他们的交谈，公猫却只是淡然地开口："我的名字叫星烁，来自于闪烁的星辰。"

蛾梦明白，这只高傲的公猫虽然不想开口问，但很明显想让他们自我介绍一下。"我叫蛾梦。"

"我叫雷焰。"雷焰接着说道。

这片森林尽头有一片雪坡，沿着雪坡往上走便是山顶了。雪坡上有一个大洞，洞口被树遮挡着并不显眼。毫无疑问，这是一个隐蔽性非常好的洞穴。

蛾梦和雷焰沿着潮湿的通道往洞内爬去，不禁开始怀疑，这里难道是一个巢穴？

艰难地爬了一段路后，他们进入了洞穴里面，眼前豁然开朗，洞壁笔直而高大，洞顶很高，一层碧绿的干草和松针之上，几团灰白相间的羽毛散布在几个角落里。通道仿佛阻挡了所有的湿气，带进来的只有一缕阳光，洞内干燥而温暖。

在两团羽毛之上，分别趴着一只白色虎斑母猫和一只毛发深红的年轻母猫。

"父亲，你身后有两个入侵者！"那只红毛母猫抬起头来看着父亲，眼色陡然一变，"他们肯定是跟着你悄悄进来的，你老了，我能理解你没发现他们！你别动，让我来收拾他们！"

我的天哪，这只红毛母猫戏也太足了吧！

蛾梦实在憋不住，扑哧一声笑了出来。

"你够了，落蝶！"星烁肯定觉得面子挂不住了，他高声吼道，"别闹了，这是我新认识的年轻朋友。"

"我知道，父亲，你不用担心。"母猫落蝶毫不犹豫地叫道，

"你肯定是被他们威胁了，对不对？没事，现在你就不用担心了，就算你一人打不过他们，还有我和母亲呢！"

"落蝶！"星烁恼羞成怒地低吼道，"没跟你开玩笑呢！"

落蝶摇了摇尾巴，满不在乎地说道："好吧，不过我刚才是真这么想的。"

星烁不再理会落蝶，他对蛾梦和雷焰介绍道："这是我那不成器的女儿——落蝶。"他用尾巴指了指发出抗议的红毛母猫，又指了指白色母猫，她也有一对明亮却带着忧伤的琥珀色眼睛，"那是我妻子，星云。"

琥珀色眼睛！蛾梦的脑子迅速地飞转起来，她见过森林中绝大部分的猫，拥有琥珀色眼睛的只有三只猫，她自己、雷焰和琥珀光。

琥珀光的琥珀色眼睛来自遗传。据白露说，她父亲的妹妹眼睛就是琥珀色，虽然她没有子女，但是琥珀光却意外地遗传了她的琥珀色眼睛。她的名字"琥珀"也正是源于此。

她是孤儿，本来就不出自这片森林，所以她的异色瞳可能也是源于什么特殊的血统。

据夜樱说，柠檬逝去的丈夫是白毛蓝眼睛，所以雷焰的眼睛绝不可能凭空而来，所以，雷焰的血统很有可能不属于森林！

这只拥有琥珀色眼睛的母猫的丈夫与雷焰毛色相似，他们很有可能跟雷焰有血缘关系呢！

"请叫我星云。"母猫声音低沉，神情黯然，"失去了他，叫我什么都一样。"

"失去"!

蛾梦想要发出夜樱以前教她的催眠声音，她尽量用最温柔的声音对母猫说道："如果不介意的话……可以讲给我们听吗？我们想尽自己的力量。"

"切，你们能有什么力量？"落蝶不屑地说。

雷焰与她针锋相对："你怎么知道我们没有？"

"没事，落蝶。"星烁有力的声音变得有几分黯然了，"他们只是两只路过的小猫，讲给他们听也无妨。"

"我和星云的孩子可不只有落蝶，落蝶本来还有个哥哥的……"

星云篇·失而复得

"我们生在雪山上，长在雪山上。星烁当时迷路，被我父母收养，那个时候，这个巢穴有我的父母、我和我的兄弟姐妹。"星云长叹一口气，对两只年轻的猫娓娓道来，"可是，因为一场意外，我的五个兄弟姐妹相继离开了这个世界，他们中活得最长的一只，也还没有到学捕猎的年龄。"

"我的父母悲痛欲绝。雪上加霜的是，那年的雪下得尤其大，猎物匮乏，他们不得不一同出去捕猎。"

"可让我独自待在家，姑且不论我心灵上的孤独，一只年轻的猫独自在家是极其危险的。我那时候和落蝶一样——"星云听到女儿不满地哼了一声，不禁胡须颤动，"叛逆，不听从父母的警告，而且好奇心极强。我曾两三次遭遇意外，都是父母及时赶回，这才九死一生。"

"星烁比我大几个月，即使不论他的稳重和聪明，我的父母出于同情心也会收养他的，更别提他还有那么多优良品质。"说着，星云含情脉脉地望了丈夫一眼，"他可以陪我玩耍，照顾我，也会阻止我去做危险的事情。但那时，我觉得他像我父母一样，又古板又严厉，于是就很讨厌他。"

"后来，我们渐渐长大了，在一次灾难中，星烁出去捕猎了，家里来了一只巨兽。"星云想起了那只巨大的动物，不禁打了个寒战，"父母拼死保护我，却都抵不过它。当时，我已经被咬成了重伤，以为自己就要死去，幸亏星烁及时赶到，从后面打了个出其不意，救了我。那时，我才知道，我平日的任性和叛逆，是由于我内心深处，觉得他一定能在后面帮我收拾残局，他能给我安全感，给我依靠，于是，我与他成了伴侣。"

看着那两只年轻的猫互相交换了一个眼色，星云笑了，可一股悲伤抑制不住地涌上来。如果那个孩子还在，肯定也有那只公猫那么大了吧。他也会有这样鲜亮的红毛和像她一样的琥珀色眼睛："真不好意思，让你们听了这么多乱七八糟的事！

"那个时候，我跟星烁可能也就比你们大几个月。

"我们生下了属于我们的一对儿女。哥哥名叫雷雷，像缩小版的星烁，有着火焰般的毛色，他的眼睛是琥珀色的，像我一样总是散发着明亮的光彩。他性格活泼开朗，在我和星烁因为什么事而烦恼的时候，他虽然并不明白，但也会张开小爪子，露出小肚皮，摆出一副憨态可掬的样子安慰我们。妹妹就是落蝶了，她的红毛和绿眼睛都像星烁，不过性格像以前的我。"

"如果没有那只猫的话，那我们现在就会是非常非常幸福的一家了。"星云深吸一口气，悲伤的泪水从她眼眶里源源不断地涌出。

"现在，让我们来讲述那只恶毒的魔鬼猫吧。

"她那时也说自己是路过的，带着两个孩子，一只小灰猫，一只小白猫，大约跟落蝶和雷雷差不多大，她的孩子倒是挺可爱的。

"她讲述得非常悲惨，她说她丈夫为保护她死了，森林中的猫说是她害死了丈夫，将她赶出了那片森林。她拖着两个孩子出了森林，决定越过雪山，寻找新的家园。她说一个孩子已经被饿死了，问我们可不可以收留她几天。

"我们当然同意了！我和那只母猫成了很要好的朋友，星烁不知疲倦地为我们抓来很多猎物。

"有一天，她悄悄地走了，可是，一起不见的还有我的儿子。

"后来我们才明白她的心啊！"星云悔恨地低下头，"魔鬼猫当时肯定失去了理智，对死去丈夫与儿子的思念彻底把她折磨疯了。她偷走了我和星烁的儿子，想要代替她那个被饿死的儿子，更不想让幸福的我们好过！"

那只漂亮的年轻母猫表情有些难过，眼中却闪着光，星云警惕地盯着她。

年轻母猫开口道："星云，我们都为你难过。而且，我们都生活在森林里，认识森林里的很多猫，可能也认识那只魔鬼猫。你能否描述一下她的模样？"

星云这才释然，那只被她日夜怨恨的母猫的形象，瞬间在她脑中浮现："白色毛发，黄色眼睛，身材娇小，嗯……不是很擅长打架。"

年轻母猫的眼中闪过一丝暗芒，但这逃不过星云的眼睛。

"你认识那只猫吗？"星云率先发问，饶有兴趣地打量着她异色的瞳孔。

年轻母猫平缓地开口："我们认识那只猫，而且，那只猫是把他——"她甩动尾巴指向年轻公猫，"和他的哥哥、姐姐从小抚养到大的母亲。"

激动和震惊使得星云眩晕，她双眼发黑，要不是星烁及时扶住了她，恐怕她会直接晕倒。

她喘着气，看向那只年轻公猫，越看，越觉得他与自己的儿子雷雷长得像。

"真的吗？"她冲上去抓住他，"你真的就是雷雷吗？"

雷焰的脸上先是震惊和愤恨——这是对那只星云一辈子都忘不了的魔鬼猫的，接着，那双与她一模一样的琥珀色眼睛逐渐湿润，他温柔地说："母亲，我现在不叫雷雷，叫雷焰了。"

"雷焰！"她号啕大哭，冲上去与儿子皮毛相擦，"你知不知道，

123

我有多想你……我时时刻刻都在想你……"

雷焰也磨蹭着她："母亲……"他低喃道。

星云听到落蝶正用惊讶的语气道："你就是我哥？"

星烁一言不发地走到了雷焰的另一边，把硕大的脑袋搁在了儿子肩上，温柔地舔着雷焰的脖颈。"他好像对我都没这么温柔过呢！"落蝶心想。

星云又听到那只异色瞳的年轻母猫对女儿说："我感觉有点妒忌了。"

"唔，我感觉我可能不是亲生的。"落蝶开着玩笑。

"落蝶，快过来，你哥哥终于回来了,快来呀！"星云招呼女儿。

"呃，我就算了吧。"落蝶果断地摇摇头，星云从儿子浓密的毛发中抬起头瞪了她一眼。

她用充满爱意的语气对失散已久的儿子说道："雷焰，你不要走了，我们住在一起，住在这儿，好不好？"

"母亲，原谅我不能答应你。"雷焰用非常严肃的语气向星云说道，"我们毕竟不是在雪山上长大的，不能常住在这儿，我们要去寻找我们的新家园。"

"可是，我真的舍不得你啊。"星云满眼不舍，"我好不容易与失散了一年多的儿子相逢，为什么你才住半个月就要走呢？"

雷焰把求助的眼神投向蛾梦，蛾梦也不知该如何。

离开森林的这半个月来，蛾梦的肚子已经隆了起来。

"我的肚子越来越大，我们在路上的风险就会越来越高。"

她冷静地讲道。

"你们可以在这儿把幼崽生下来再走。"星烁说道。

"那些幼崽还要好几个月才能走远路呢！"雷焰讶异地说道，父亲和母亲是认真的吗？

"那就正好，我想看我的孙子。"星云欢快地说。

"我想要个孙女。"星烁反驳道。

"孙子好，想想，胖乎乎的小猫咪……"星云的"孙子"仿佛就在眼前了。

"孙女也能胖乎乎的呀，要乖巧可爱的，不像落蝶这样……"星烁露出期待的表情。

叼着两只松鼠往山洞走来的落蝶打了个喷嚏："咦，是不是谁在想我……"

"孙子！"

"孙女！"

"孙子！"

雷焰与蛾梦交换了一个眼神。"我们还是得走。"蛾梦坚定地说。

"好。"雷焰赞同道，"只是……"

"只是父母突然找到了，你有点不舍得就这么走，对吧？"蛾梦一语道破了他心里的想法。

"是。"雷焰坦白道。

不过，最终，又逗留了三天之后，雷焰和蛾梦还是又出发了，并且各自嘴里都叼着一只松鼠。

"雷焰、蛾梦，你们到时候还要上山来看我们啊！"星云说个不停，"我要看我的孙子——和孙女……"

"要好好的。"星烁语重心长地叮嘱道。

"我要看我的侄子、侄女！"落蝶兴奋地说道。

就在这些依依不舍的道别声中，雷焰和蛾梦走了一天一夜，在父母和妹妹的祈祷下，路途格外顺利，很快便来到了山脚下。

眼前的景色惊艳了他们。

"好美！"雷焰感叹道。蛾梦点头赞同。

似乎没有一个词语能形容这儿的美景，蓝天衬着高耸的雪峰，日光下，雪峰上映着暗影，就像白缎上绣了几朵银灰色的花儿。瀑布从峭壁上飞泻而下，浪花抛起，如同白莲绽放，溪流又汇成一个碧蓝的湖泊，清澈的水底一览无余，湖底散落着各色石子，鱼群闪闪的鳞片反射着水面上透进的阳光，给寂静的湖面增加了些许生机。

他们面前是盛开着无边繁花的大片碧色，野花有他们那么高，五彩斑斓，像夜幕上的星辰那么耀眼，如太阳初升时的晨曦那般明媚，似空中的彩虹那样绚烂多姿。

"这里就是我们的新家园了。"雷焰小声对蛾梦说，"这里没有危险，我们可以躺在丛丛繁花之下，望着无边的夜幕入睡。这里的草原上会有田鼠奔跑，湖里有满湖的鱼，我们可以吃得饱饱的。以后，我们会在这里繁衍出子子孙孙，生生不息……"

第八章

踏上归途

六月来了。

天在下雨，温柔的雨丝浸润着草原，一种清冷感伤的气氛正在蔓延。

"蛾梦，你说，风殇他们都还好吗？"雷焰把一只田鼠扔在草地上，三只幼崽立马兴奋地围拢过来。

"风……风殇是谁？"小鹰问道。

从雪山上下来之后，他们就安顿在一个湖边，一个月后，蛾梦顺利地生下了三个孩子。唯一的那只小公猫名叫森鹰，小名叫小鹰，是一只深棕色的虎斑猫。除了毛色之外，各方面都是一个缩小版的雷焰，宽肩膀，琥珀色眼睛，体格结实，活泼好动。老二是白色的虎斑猫，也是琥珀色眼睛，性格文静，沉稳，名叫叶晴，小名小叶子。老幺则是蓝眼睛的纯白毛小母猫，大概是继承了星云和落蝶的基因，活泼的同时也最调皮，名叫雪心，小名小雪。

在三只小猫里面，雷焰最喜欢小鹰，因为他最像自己。但星烁最喜欢小叶子，因为那是他一直盼望的乖巧可爱的小孙女。星云和落蝶则喜欢小雪，也是因为她的性格像她们。

忽然，一个带着笑意的声音响起："风殇就是我。"

雷焰吃惊地瞪大眼，猛一扭头，力道大得脖子都疼了起来。没错，那只银灰色的公猫正站在自己面前！他脸上每一条伤疤都是雷焰熟悉得不能再熟悉的了。

"啊——"一声尖叫响了起来，小雪转身飞快地躲到了蛾梦背后。

小鹰看上去也惊恐万分："你脸上的伤是怎么来的？"

最淡定的好像只有小叶子，她一言不发地凝视着风殇。

"小叶子是干大事的料。"三个孩子出生一个月后，蛾梦就是这么跟雷焰说的。

风殇没有回答小鹰的问题，只是笑意盈盈地打量着三只幼崽。

"别怕，孩子们。"雷焰大步走上前，与哥哥碰碰鼻子，"这是爸爸的好兄弟，他脸上的伤痕是为了救爸爸才有的。"

风殇一闪身，露出身后一只娇小的红毛母猫，笑得更开心了。

"落蝶！"蛾梦惊呼道，"风殇，你和落蝶在一起了呀！"

"不要闹！"雷焰看见妹妹隐秘地撞了风殇一下，"我只是来看看我的侄子、侄女！"

"是吗？"风殇俯身看向落蝶，"那么路上我们睡在岩洞里的时候，是谁跟我说'好黑，我怕'，要我挨着她睡的？"

"我、我……反正不是我！"落蝶气鼓鼓地抗议道。

"好了，不开玩笑了。"风殇翘了翘尾巴，让三只小猫追逐，"雷焰，我现在是你妹夫了。"

落蝶翻了个白眼，却不再说话，看来是默认了。

"风殇，你怎么会想到到这儿来？"雷焰又抓来几只田鼠招待风殇和落蝶吃饱，蛾梦把三只小猫哄睡之后，四只猫才有闲心坐下来聊天。

"我很想你，非常非常想你。"风殇低叹了一口气，"雷焰，虽然我们没有血缘关系，但你是我最好的兄弟，也是我生命中三只最重要的猫之一啊！你怎么可以抛下我就走了呢？"

"容我打断一下。"蛾梦坏笑着说，"其他两只最重要的猫是谁？"

"我父亲和落——啊！"风殇被落蝶用爪子戳了一下，但那个名字大家都心领神会了。

"我父亲——雷焰，我想你看过他教我捕猎吧？"雷焰点点头，风殇继续讲下去，"我的亲生母亲去世了，父亲出去捕猎的时候，柠檬偷走了我。"

雷焰想起了那只让他唤了那么长时间"妈妈"的母猫，心中升腾起一股恨意："她失去了丈夫和儿子，已经彻底疯了。"

"是的。"但风殇的表情非常平静，"父亲一直在找我，后来终于找到了我。在他看来，我们森林猫的捕猎和战斗技巧都太差了，他给我上了两个月的课，然后把柠檬杀死了。"

"杀死了？"雷焰惊呼道，他现在明白风殇平静的缘由了。虽然柠檬犯了大错，可是，这样的复仇方式，他也于心不忍。

"是的，杀死了。"风殇的语气非常沉重，"他是一只非常固执的猫，而且信奉有仇必报，我费尽口舌阻拦他，还被他骂了一顿，说我太仁慈了。麟角想去阻止他，可是，我知道，麟角打不过他，我一边拦着麟角，一边把柠檬的罪状说给他听，这才勉强阻拦他去跟我父亲拼命。"

"直到半个月前，我才说服父亲，让我来找你。"风殇说道。

蛾梦忽然急切地探身向前："你一定去找了夜樱了吧，夜樱还好吗？"

"不太好。"风殇悲哀地摇头，"她病得很重，而且她对你非常愧疚。她说你是她的爱徒，她把你当女儿看待。她对你倾注了很多心血，不想让你离开她，才编出了一大堆巫师法则，比如什么巫师法力会反噬，来吓唬你。"

"原来是这样……"蛾梦泪流满面，喃喃说道。

"但她还是撑着帮我占卜。"风殇继续叙述，"她告诉我'森林中大难将至，只有风和雷可以拯救猫族'，她要我找到你，接着……咳，聆听预言的召唤。"

"这是什么意思？"雷焰迷惑不解地问，"'风和雷'的意思是风殇和雷焰吗？"

蛾梦叹道："夜樱还是那么喜欢装神弄鬼啊……"

"后来我就上了雪山，遇见了你父母……和她。"风殇飞快地说完，还情真意切地看了落蝶一眼，后者不看他，"星烁和星云告诉了我你们在哪儿。"

"不管怎么样，雷焰，蛾梦，还是跟我回森林吧。"风殇严肃地说。

蛾梦站起身："虽然夜樱有很多缺点，可是她作为一名巫师的能力是不容置疑的。我觉得我们要回去。"

"落蝶呢？你怎么想？"雷焰看向妹妹，落蝶正怜爱地望着三只小猫。

听到雷焰叫她，她才回过头："你们难道要小鹰、小雪和小叶子跟你们一起翻过雪山回去吗？"

"对啊！"雷焰惊呼，"孩子们怎么办？"

"还能怎么办？"蛾梦沉了沉脸色，"慢慢走，大不了我们叼着他们走呗。"

"也只能这么办了。"

第二天一早，他们便出发了。

"我好累……"小雪抱怨道。

小鹰说道："这儿好冷啊！"

小叶子打了个寒战，溜到雷焰和蛾梦中间。

"雷焰，你把小雪叼起来走吧。"蛾梦有些心疼地看着女儿。

尽管现在是初夏，岩石路上依然覆了一层厚厚的霜，滑溜溜的，又是下坡路，旁边就是万丈深渊。

"小雪，我叼着你，你不要动好吗？"雷焰尽量平和地跟女儿说话。虽然他知道被叼着脖颈的感觉确实不太舒服，可是，如果小雪像平时那样乱动的话，他肯定叼不稳她，他们可能会摔下山崖的。

"好。"小雪乖巧地应了一声，于是，雷焰低头咬住她的脖颈，把她从地上提起来，继续向前走去。

可是，没走几步路，他嘴唇一滑，牙齿咬到了她，她忍不住缩了一下脖子，雷焰失去平衡，身子一歪。幸好后面的风殇顶住了他。

"小雪！"他把她放在地上，严厉地训斥道，"不是都跟你讲了不要乱动吗？"

"可是，可是我疼嘛，呜呜呜……"豆大的泪珠一下子就从小雪的眼眶里掉了下来。

"好了，小雪，不要哭了。"蛾梦斜了束手无策的雷焰一眼，安慰小雪。

在蛾梦的劝慰下，白毛小母猫总算又走了一段路，当他们来到蛾梦挑选的休息地——一块周围长着矮灌木的石头上时，小雪立刻躺在了上面。

小鹰还有精力在石头上蹦蹦跳跳，小叶子看上去不比小雪好多少。

"小鹰，别跳了，灌木丛里有猎物！"雷焰制止小鹰，话音未落，一只被小鹰惊吓到的小田鼠就从灌木里钻了出来，落荒而逃，在雪地上留下一行密密麻麻的足印。

"我去抓它！"小鹰兴奋地叫了一声，便准备追击。雷焰连忙将他拉住。

小鹰还想挣脱，一阵风呼啸而过，一只深色羽毛的巨鸟飞扑下来，轻盈地掠过地面，一对巨爪死死扣住田鼠的喉咙，准备抓着田鼠飞回悬崖上的巢，雷焰和其他几只成年猫并肩冲上前去。身材最小的落蝶灵巧地滑到老鹰肚腹下，用利爪划过它的腹部，雷焰和蛾梦从两边撕扯老鹰的翅膀，风殇则纵身一跃，扑到老鹰的背上，噬咬它的颈部。

在几只猫的共同围攻之下，老鹰渐渐瘫软下来，就连小鹰和小叶子都开始用他们短短的爪子扯老鹰的羽毛。老鹰用怨恨的眼神瞪着他们，所谓"虎落平阳被犬欺"，临死的老鹰都要被猫玩。

老鹰被杀死了，雷焰让落蝶处理老鹰。她生活在雪山上，除了松林里的松鼠，他们也经常吃老鹰。她熟练地把老鹰的皮撕下来，扔给小鹰和小叶子，让他们把羽毛撕下来留着做窝。两只小猫很乐意接受这个任务，立马就开始行动起来，小雪也瞬间恢复了精力，加入进来。

接着落蝶把老鹰的内脏剖出来，把新鲜的肉撕成一条一条的。蛾梦把其中一条拉到自己面前，把肉撕成肉丝，喂给正在勤奋地扯羽毛的小雪。

"谁要吃那只田鼠？"落蝶指着刚刚被老鹰杀死的那只小田鼠，"如果都不要，就归我了。"她的眼中闪着光。

"当然给你。"风殇咬着老鹰肉，亲密地用尾巴帮她把背上的毛理顺，"你这只小馋猫。"

落蝶没有理他，一口就吞下了小半只田鼠。

饱餐后，他们在灌木丛里用老鹰的羽毛铺了几个窝，睡到夜色渐深，才继续赶路。

半弯的月儿高挂夜空，远处是一片片茂密的森林，浓密的树影扑向岩石上赶路的这群猫儿，月光毫不吝啬地洒在直插云霄的雪山上，这也使得脚下的乱石小径好走了几分。

"我累了……"小雪的怨声再次传了过来。

"小雪，你必须得坚持一下。"雷焰对女儿说，"现在离山脚已经不远了，我们必须在明早日出之前下山，要不然，老鹰和隼就会飞出来，在这条路上，我们根本没法像之前一样跟它们战斗。"

小雪不情愿地应了一声。

"我们已经走了几个星期了，你每天都说'再坚持一下'。"小鹰有些不满。

风殇忍不住开口了——鉴于他脸上在小鹰看来是"勇敢的战斗猫的证明"的伤疤，他俨然已经成了这只小猫的偶像——"小鹰，你看，那下面就是森林了。"

小鹰好奇地凑到小径边缘，雷焰用尾巴环住他以防他摔下去，同时随着儿子的视线往下望去。那是蜿蜒无尽的翠绿的原始森林，密密的塔松像撑开的巨伞，银白色的桦树皮如同夜晚洒下的月光，交错的橡树枝条仿佛一个拱门，重重叠叠的绿荫漏下斑斑点点细碎的日影。

"这么近！"小鹰兴奋地叫道，"太棒了！"

"好了，快回来吧。"雷焰把小鹰拉回小径内侧。

这下，几只幼崽又有精神了，活蹦乱跳的。又走了几个小时，中间休息了两次，天边出现第一抹霞光时，他们到了熟悉的雪池和古树边。

"孩子们，在这儿喝口水吧。"雷焰趴在地上，舔了一口冰冷的雪水，"妈妈就是在这里长大的。"

蛾梦的双眼中闪烁着激动和喜悦，她不等其他几只猫，就直接向古树奔去。

接着，夜樱惊喜的喊声就从树洞里传了出来："蛾梦！"

几个月不见，夜樱的声音明显变得苍老了，却更温柔了。

"走吧，孩子们。"雷焰把小鹰、小雪和小叶子聚拢在身边，领着他们往树洞走去，风殇和落蝶跟在他们后面。

风殇说得没错，夜樱已经病得很重了，只是看上去还是很年轻，光滑的黑毛闪着光泽，就好像有星光在闪烁，睿智的双眼也明亮非凡。

"风殇，你把雷焰带回来了，干得好。"夜樱低声说，风殇郑重地点头。

"我的天哪！你的眼睛好漂亮！"小雪羡慕地说道。

"你也有伤疤，你跟风殇一样勇敢吗？"小鹰一本正经地问。

"别闹了，孩子们。"听到雷焰的话，夜樱被逗得咕噜着笑了，"没事，就让他们闹一会儿吧，我这把老骨头渴望新生命的气息。"

陪着小猫们玩了一会儿后，夜樱让他们出去："现在我有些正事要跟你们的爸爸妈妈谈。"

小叶子把一脸反抗的小鹰和准备撒娇的小雪拉了出去，夜樱这才严肃地开口。

"你就是落蝶？"她眯着眼睛打量落蝶，"你长得跟雷焰有点儿像。"

"你能看出来？"落蝶满脸惊讶。

"她叫落蝶，是我的亲妹妹。"雷焰说。

"哦，妹妹呀。"老巫师若有所思。

"好了，现在，听我说。"夜樱的气场沉凝下来，空气中都好似多了一股冷意。

"那一天，我在水晶和星星里看到了很多东西。"夜樱缓缓地告诉他们，"我看到了猫族的惨状，森林被折腾得不成样子。我还闻到刺鼻的臭味，听到响亮的狗叫。后来，起风了，雷鸣阵阵，狗群被吓得屁滚尿流地逃出森林。"

"第二次，你们知道我看到了什么？"夜樱的声音更冷了，"我看到了森林被火焚烧，被血淹没。紧接着，星象一变，我抬头望去，只见星星在我眼前组成了两幅图像。"

"飞蛾扑火，蝶舞成殇。"

"当我再次看向水晶时，画面已经变了，里面是非常优美的风景。午后火焰一般温暖的阳光温柔地洒在嫩绿的新叶上，粉红色的樱花随风飘舞。"

"我的话，就到这里了。你们只需知道，森林未来的命运，尽在你们掌握中。"夜樱的气场消失了，她往后躺去，"现在，走吧。"

夜樱篇·传承

"你们知道吗？我还是觉得夜樱疯疯癫癫的。"落蝶小声说道。

风殇舔了舔她的耳朵："她知道很多事情，能预知还没有发生的事情。"

"可是，我希望真的是夜樱老了。"雷焰担忧地说道，"她说森林会发生那么多劫难，还给我们几个赐予那么崇高的使命，如果这是真的，我觉得压力好大。"

夜樱躺在蛾梦给她新换的窝里，无声地笑了笑。他们毕竟都还是孩子啊！当使命降临在他们头上时，一定是自然而然地，自然得他们都无法发现自己已经承担起了它。

"一位巫师在做出预言的时候是睿智的。"蛾梦把一捆药草放下，"况且，落蝶要生产了，你们还在这里讨论两个月前的事情，与其坐在这儿怀疑一位智慧的巫师，还不如去给落蝶弄点水来喝。"

蛾梦果然还是放不下她们的师徒之情，夜樱不舍地望向洞外的那个金色身影：蛾梦，终于要与你分别了，当我走了，你会想我吗？

"其实，我自己能喝得到水。"落蝶为风殇和雷焰辩解，"而且，我一点也不疼。"

夜樱虽然看不到蛾梦的正脸，但是能想象得到蛾梦尴尬的笑。

落蝶的生产确实非常受重视。一个星期前，风殇就给她在雪池旁的石头上铺了个窝；三天前，雷焰不顾蛾梦的抗议，搬到了这附近，每天一早起来就去探望落蝶。

今天一早，蛾梦给落蝶做例行检查时就感受到了征兆，他们已经从清晨守到了下午，蛾梦已经备好了所有要用的药草。

是时候该走了吧。

夜樱用尽全力爬出了树洞，最后扫视了一眼所有的一切。

面前的森林，身后的雪山，忙着整理药草的蛾梦，紧盯着妹妹的雷焰，与妻子躺在一起的风殇，还有小腹隆起、满脸幸福的落蝶……

她无声地默念："希望你们都好。"

她闭上了眼睛，耳中传来落蝶的一声惊叫："有感觉了！"

刚才两个动作已经耗费了夜樱强撑着的所有力气，没了力气，夜樱一闭上眼，睡意就像黑色波浪向她席卷而来。

这一睡，可就再也睁不开眼了……

夜樱还想再看一眼，但眼皮异常沉重。与此同时，落蝶发出一声绵长的呻吟，接着，传来大家欢欣雀跃的叫声。

那只小猫的样子，已经在夜樱脑海中存在很久了，不是像她那样阴沉沉的黑猫，是漂亮的红色斑纹，一双像她的右眼一样，暗红色的眸子，华丽，高贵……

接着，她失去了意识。

第九章

灾难降临

"你们在这儿干什么？"清晨，雷焰追着一只兔子来到古树附近。他用牙齿从路边掐下几朵小白花，准备去夜樱的墓前祭拜。

然而，刚来到墓前，就看到两只陌生的母猫在雪池边晃荡。

哇哦！看到那两只母猫正脸时，雷焰在心里小声赞叹了一声。

两只母猫都拥有一身洁白的毛发，跟她们身后的皑皑雪山相比毫不逊色。只不过年长些的那只母猫拥有一双与蛾梦一般的异色瞳，而年轻母猫的眼眸是湛蓝的，清澈纯净。

等一下，异色瞳！

母猫的眼睛与蛾梦的很像，都是一双又大又圆的杏眼，右眼都是湛蓝的，眼波如水。只不过蛾梦的左眼是更华丽一些的琥珀色，而年长母猫的左眼更明亮一些，是阳光的金色。

"嗯，我们其实是好意……"那只年轻母猫的蓝眸有些湿润，看上去被他训斥得非常害怕。一阵秋风刮过，她那纤弱的身子竟有些摇摇欲坠，好像要掉到雪池里去，看上去又娇又弱，一股怜惜之情在雷焰心中升腾而起。

"没事……"他刚想出口安慰，那只年长母猫摆了摆尾巴，不卑不亢地说道，"你好，我叫瑶华，是只宠物猫。这是我的女儿，银羽。如果这是你的巢穴，或者我们在这儿给你添了麻烦，那么不好意思。但是，我们来这里是想告知你一声，危险来了。"

"你好，我叫雷焰。"瑶华的模样真的很像蛾梦。雷焰摇摇脑袋，把这些乱七八糟的想法抛开，他问出心中的疑惑，"这里会有什么危险？"

"你知道'人'这种生物吗？"瑶华问。

"人……"雷焰喃喃，他记得"人"。

在湖水遥远的尽头，有一片用白色石头建的巢穴，里面生活着可以直立行走的动物，而在他们的花园——就是被一些木板圈起来的一片花花草草里，有一些被饲养的宠物猫。

"就在湖水的尽头，有一片房子——就是巢穴，我生活在那儿，'人'给我喂食，我负责玩儿。'人'还养了很多狗，但是那些'人'要搬走了，那些狗没法处理，就打算把狗放到这边的森林里来。"

"什么？"雷焰倒吸一口气，"狗！有多少条？"

"十五条。"瑶华说道，"我警告过那些狗，'森林里有猫，你们能不能多走一段路，到更远的地方去'。"她的声音有些歉疚，"结果狗的首领冷笑一声，说'有猫就太好了，我们可以把他们全部消灭，顺便还可以磨磨爪子'。"

"听到这个消息，我就赶到这儿来了，可是那些狗的速度比我们快多了，我们刚翻过雪山，它们就超过我们了。现在怕是来不及了。"

"你的意思是说，那些狗已经到森林里了吗？"雷焰问道，浑身紧张地绷紧了，蛾梦今天还独自去森林深处采草药了呢！

"是啊。"瑶华沉稳地点头，"你赶紧去通知其他的猫吧，一定要小心，多注意。"

雷焰立马循着蛾梦的路线飞奔而去，三个孩子在风殇之前住的那个巢穴里，那个地方易守难攻，又有风殇和落蝶照顾，想来应该不会出什么大差错。但蛾梦……不擅长作战，如果遇到一条狗，她……

雷焰想到这种可能性，心一阵阵抽痛，不禁加快了步伐，用尽自己最大的力气狂奔，风呼呼地掠过耳边，两旁的树飞快地后退。

蛾梦，蛾梦……

终于，雷焰看到了那个躺在林间空地上的身影，午后暖阳般的金色毛发已经被染成了落日余晖似的血红。

他的心仿佛被一只巨大无比的爪子攥紧，巨大的疼痛从胸口，不，从每一寸毛发传来。

"不！"

撕破了长空的凄厉吼声仿佛不是他自己发出来的，一切都陷入了迷茫，像一层薄雾一般，好似随时都会消散。

这不可能！不可能！

她永远都会坚定地站在那儿，在他背后支持他，为他出谋划策，也指出他的错误。她拥有与她的年龄不相符的智慧，她不可能有事的……

"都是因为我不在她的身边。"雷焰自责地想。

这个念头使他陷入了窒息般的悲痛，他像只小猫那样无助地蜷在地上，把口鼻埋入她凝着血的毛发，喃喃自语："如果你愿意，我可以代你去死。"

"雷焰！"

一个惊讶的叫声在他身后响起，雷焰转头望去。

"狐心？"

"雷焰！你回来了！"红色虎斑母猫跳到他身边，用脸颊磨蹭着他的脖颈，满眼惊喜。

雷焰不着痕迹地避开了她："嗯。"

狐心这才注意到蛾梦的尸体，她被吓得往后退了一步，尖声叫嚷道："她这是怎么了？"

雷焰看着狐心对血迹满脸厌恶的样子，心生不满：她和蛾梦即使不算好朋友，但同在森林里长大，也是很熟悉的，她难道一点都不觉得悲伤吗？

"一场意外。"他尽量压制着声音的嘶哑，淡淡地告诉她，"我刚刚收到消息，有一群狗跑到森林里来了。"

"狗！"狐心大叫，接着又往他身旁靠，"那你可要保护我啊！"

"不是谁保护谁的问题。"雷焰已经有些气恼了，"我能打得过一条狗吗？森林里有哪一只猫能打得过狗？你好好想些办法，行不行？"

"好……"狐心被他批评了一顿，才冷静下来。

雷焰叼起蛾梦的尸体，朝风殇巢穴的方向跑去，狐心跟在他身后。

"雷焰,你们回来啦!"风殇正在洞穴前的沙地上陪四只幼崽玩耍,听到他们进来的动静,愉快地扬起头,对着他们打招呼,"狐心!好久不见……"话音未落,表情突变,"等一下,蛾梦怎么了?"

雷焰悲哀地深吸一口气,被迫又把缘由重复了一遍。

落蝶从洞穴里走出来,一言不发地从雷焰口中接过蛾梦的尸体,把她平放在一块平滑的石头上,"哥哥,节哀。"

"妈妈,妈妈她怎么了?"小鹰惊叫道。

小雪扑在蛾梦身上:"她不动了!也不说话!"

"妈妈是死了吗?她为什么会这样?"小叶子抬起头,清澈无邪的琥珀色双眸望向雷焰,雷焰心里一股愧疚涌起,鼻子一酸,竟无法回答女儿的问题。

"孩子们,发生了一场可怕的灾难。"这种时刻,落蝶还是很稳重的。她把尾巴搭在雷焰背上安慰他,沉声对孩子们解释。

"妈妈,你不会也这样离开我吧?"落蝶和风殇的女儿小樱花问,一双暗红色的眸子中含着担忧。

"不会的。"落蝶柔声安抚她。

风殇看上去除了悲痛之外,更多的是不敢置信,他有些语无伦次地喵呜道:"雷焰,对不起,可……我一直觉得蛾梦不仅是一名巫师,她一直都像我们的老师一样,就是好像特别厉害一样,不是,就是……唉,反正我感觉她不会让自己死去。"

"其实,我也有这种感觉。"雷焰知道风殇跟他感觉一样后,心里好受多了，"我以前真的没意识到，她也很柔弱。"

"嘿！你们不能先想想，怎么对付狗群吗？"狐心大声插话道，"把狗群赶走了，你们再尽情缅怀吧。"

雷焰脸色一沉，风殇及时出来打圆场："雷焰，你有什么想法吗？我们还得给蛾梦报仇呀。"

"我能有什么想法？"雷焰还沉浸在悲伤中，"现在森林里的猫都是以家庭为单位，哪一家猫能打过十几条狗啊……"他有些自暴自弃地嘟囔道，忽然脑中闪过一个念头，"等一下！如果一家猫打不过，一群猫不就能打得过了吗？"

"所以，我们要做的就是把森林里所有的猫都集合起来。"风殇沉稳地接话。

雷焰盯着蛾梦，脑中忽地想起去年初冬时，他和蛾梦看到的那只独自抚养孩子的虎斑母猫，她的幼崽一只接一只死去。还有立秋和白露，他们年轻的时候肯定也抚养了很多孩子，包括他认识的凤毛和麟角，可是等到他们老了之后，却没有儿孙照顾他们。他们壮大了猫族，理应有后辈为他们捕来猎物，而不应靠夜樱生存。

这不公平。

雷焰开口，把自己的想法说了出来。如果猫们组成一个群落，年轻力壮的猫负责捕来猎物给老猫食用，也要保护那些幼崽，待他们老了之后，被他们保护的幼崽也长大了，可以捕来猎物给他们吃，而新一代的幼崽也会被照顾……这样循环下去，不是"幼有所养，老有所终"吗？

"雷焰！你太棒了！"他话音未落，风殇就一跃而起，像只小猫一样朝他蹦过来，雷焰被扑倒在地。

"你够了！风殇。"雷焰用脚掌拍打着他，心中却是得意扬扬的。

狐心也走过来，温柔地蹭蹭他："你真的太聪明了，雷焰。"

"哥哥，我为你骄傲。"落蝶用尾巴把他被风殇弄乱的毛发理顺。

"嘿！不懂事的森林猫，你们在干什么呢？"

雷焰仰头望去，瑶华和银羽站在河岸上俯视着他们，银羽仍然有些羞怯，瑶华则满脸恨铁不成钢的表情。

洞里响起一片小猫好奇的议论声，落蝶起身去安抚小猫。

没得到雷焰的回答，她继续逼问道："我都告诉你了，你怎么还不去告诉其他的猫呀？还在这里跟你的伙伴打打闹闹。"

"你是谁？凭什么这么说我们？"狐心一下起身，锐利的目光盯着两只宠物猫。

"那个……其实我母亲不是批评……"银羽好像被狐心吓着了，情不自禁往后缩了一点儿，她越来越低的声音听起来特别柔软，是因为她是宠物猫吗？

"狐心，别闹了！"雷焰今天觉得狐心特别不懂事，她肯定比银羽要大几个月呢！虽然她不知道事情的原委，可是也不能这么咄咄逼人啊！

他把两只母猫一一介绍给风殇他们："这是瑶华，这是银羽。"

狐心眯起眼："她们就是告诉你有狗的那两只宠物猫？"

"不要给我们贴上'宠物猫'的标签。"瑶华冷淡地说。

狐心不服气地挺起胸："你们不是宠物猫是什么？"

瑶华的脸色沉了下来，银羽的蓝眸中滚下一滴泪珠。

"狐心！"雷焰厉声吼道，"道歉！"

"对不起。"狐心有些别扭地小声说道。

"好了好了。"风殇已经第二次打圆场了，"下来休息一下？"

瑶华和银羽从河岸上跑下来，雷焰把自己的计划告诉了她们。

"很有想法。"听完后，瑶华的眼睛中都多了几分赞赏，"只不过，虽然这个想法不错，但你要实现它，不是有想法就够了的，你必须要有勇气和智慧，还要善于与别的猫交流。"说着，她话锋一转，指了指风殇，后者有些受宠若惊，"我看这个小伙子不错，我想你和他可以实现这个计划。现在，你应该给我们分配任务了。"

"我？"雷焰惊呼出声，可是，瑶华才是最年长的猫啊！

"这是你的计划，理应由你来分配。"瑶华说道。

雷焰的脑子快速转动起来，他们要干什么？嗯……要组织一个群落，他们首先要说动其他的猫，肯定会有很多老古董认为要尊重猫古老的生活方式，所以，这个应当是最重要的；同时，还要找一个适合一大群猫居住的巢穴，还应该准备一些猎物放在那儿。

"现在听我说。"雷焰尽量使自己保持冷静，"瑶华，银羽，是你们带来这个消息的，你们比较有说服力，可以负责劝说其他的猫加入我们。"

瑶华镇定地点了点头，银羽好像想说什么，被瑶华用尾巴堵住了嘴。

"风殇。"

"听令。"风殇"唰"的一下从地上站起来，挺胸抬头，几只母猫都笑了起来。

"风殇，你比较熟悉森林，而且你会说话，所以你跟瑶华和银羽一起去，也可以负责带路。"

"好的。"风殇严肃地答道。

"狐心，你是一名出色的猎手。"雷焰看到红毛母猫的眼中有些窃喜，"你也熟悉森林，你可以先跟风殇他们一起走，然后带上跟我们比较熟悉的琥珀光，或者是你弟弟，去打猎。"

"好的。"狐心问道，"那你干什么？"

"我负责找一个适合一大群猫的营地。"雷焰回答她，他觉得她看上去有点失望，难道她想跟他一起？

"那我干什么？"落蝶打断道。

"你待在这儿，看着四个孩子。"雷焰回答。

落蝶不熟悉森林，找营地她不适合。她也不习惯在森林里打猎，现在需要猎手，狐心是更好的选择。

"不可以！"落蝶尖叫道，"如果你们都出去做任务，我独自在这里陪着小猫玩，我会疯掉的！"

"照顾小猫也是任务啊！"风殇试图安抚她，"而且，你可以成立一个联络站，雷焰找到营地之后会告诉你，等我们回来了，

第九章　灾难降临

你可以带我们去那个地方，如果狐心的捕猎队回来了，你也可以告诉她们把猎物送到哪儿去呀？"

"我不。"落蝶一扭头，"我告诉你们，我也要跟你们一起去，如果你们不让我去，我就自己去，脚长在我身上，你们阻止不了我！"

"我们也要去！"

"你们阻止不了我们！"

在落蝶的带头下，洞内又伸出一片小脑袋，争先恐后地嚷嚷着。

雷焰半是恼怒半是无奈地叹了口气，真不知道拿妹妹怎么办好。

"那个……"银羽忽然开口说道，"其实……可以让……这个不知道怎么称呼？"

"落蝶。"雷焰不知道她要干什么。

"如果你们信任我的话，可以让落蝶去打猎，我喜欢小猫，我可以照顾他们。"银羽大胆地说道。

"你们可以信任她。"瑶华附声道。

"耶！太棒了！"落蝶大叫道，在地上打了个滚，"我要去打猎！我要把森林里所有的松鼠都抓回来！"

雷焰无奈地同意了。虽然说他确实对银羽不太熟悉，可是她和瑶华来告诉他们这么重要的消息，她应该不会害孩子们吧。何况这对她也没什么好处。

"来吧，孩子们。"银羽温柔地对四只幼崽说道，"不要管那些成年猫的事了。"她在空中甩了甩尾巴，然后把尾巴抬高，"现在，我的尾巴是只老鼠，看你们谁能把它抓住。"

小猫们一下子全从洞里冲了出来，去抓她的尾巴。

"那就多谢你了。"雷焰对银羽礼貌性地说道。

"不用谢。"银羽一边甩着尾巴躲避小猫们稚嫩的爪子，一边笑着说，雷焰突然发现她也很好看。

"那我们走吧！"雷焰招呼风殇、落蝶、狐心和瑶华，叮嘱道，"我们要尽快，而且一定要结伴，千万不要单独行动，碰见狗就跑，知道吗？"

"我们又不是幼崽。"狐心不耐烦地嘀咕。

风殇和落蝶神采奕奕地答应。瑶华又问雷焰："那你呢？"

"我没事的。"雷焰自信满满，"我可以上树，还可以往河里跳。"

"好吧，那你也要多注意。"瑶华准备走，却被风殇拽住了。

瑶华篇·逝去的爱

"瑶华，我想知道你为什么这么关心森林里的猫？"风殇问。

瑶华凌厉而冷冽的眼神让银色皮毛的森林猫惊得后退了一步，但他还是毫不示弱地与瑶华对视。

"如果触犯了你的隐私，我很抱歉。"风殇没有放弃，继续追问，"可是，我还是想知道，'人'把狗放到森林里来，这里的猫会遭受灾难，但跟你没有半点儿关系，你明明不在森林生活，为什么要千里迢迢来这儿把这个消息传给我们，以身涉险？我不太相信你平白无故做这么多只是为了展示你的善良。"

"好吧，我没看错，你果然是一只聪明的猫。答案很简单，有一只让我关心的猫在这片森林里，至于这个故事……我想，如果我讲快点，也无妨。"她轻吸了一口气，准备把过去的事完完整整地告诉这几只年轻的猫。

"你们去过森林的那一头吗？"她问，她已经准备好了得到否定的答案。她还注意到了一个玳瑁花纹的小脑袋从河岸下冒了上来，笑意更浓了。

果然，几只猫不约而同地摇头。

森林非常广阔，平常他们活动的那部分，只是雪山这边的松树林和河流，这块地方大概只占森林的四分之一。

"而森林的另一头，是山脉，不像雪山那样只有一座雪峰，那是由绵延不绝的青峰组成的山脉，从远处看去，太阳就从山脉后面落下，在猫族的传说中，那里叫落日山脉。

"不要问我为什么知道得那么清楚，因为我就是在森林的那一头长大的。母亲告诉我，落日山脉上生活着沉暮部落，有一位巫师统领着他们，不是我们森林里治病的巫师，是拥有至高无上权力的巫师。这个位置世代相传，父亲传给儿子，儿子传给孙子，每一任巫师都用着'暮色'这个名号，他们每一只猫都英俊而健壮。

"等我长大一些的时候——大约就跟你们现在这么大——我情窦初开的时候，由于我特殊的眼睛，也有几只年轻公猫对我献殷勤。"她骄傲地昂起头，"只不过，我那时觉得传说中的暮色巫师才是最英勇的，所以我根本看不上他们，一心想着去落日山脉。"

"最后你去了吗？"狐心好奇地问道。

"当然。"瑶华白她一眼，"我风餐露宿，日夜跋涉，终于成功地找到了沉暮部落，也成功地成了暮色巫师的妻子。"

"哦？"落蝶好像兴趣来了，"那你后来为什么离开了呢？"

"因为暮色巫师不专情。"瑶华冷冷地回答他，"他有很多妻子，沉暮部落允许巫师有多个配偶。"

"啊？"一声稚嫩的叫声传来，是那只玳瑁小猫。

"不过，不是每一任暮色巫师都是这样子的。"为了安慰小猫崽，瑶华硬把自己脑袋深处的那个传说挖掘出来，"据说第一任暮色巫师——也就是沉暮部落的创始者，就非常专情，他的伴侣死后，他就再没有理过其他的母猫。"

她喘了口气，继续说下去："我当时非常伤心，一气之下就离开了沉暮部落再也不敢回到森林。更重要的是，我当时肚子里有了孩子。"

"是她吗？"落蝶指指正陪幼崽玩的银羽。

"当然不是。"瑶华摇头道，"那个孩子的年纪比她起码要大上七八个月呢！我当时一口气跑到雪山上，在雪山上生下了孩子，是一只非常漂亮的金毛小母猫，长得很像我母亲。但是，在雪山上捕猎非常艰难，我根本养不活她，于是，我就把她带到山下，把她放在巫师巢穴——你们应该知道的，就是古树和雪池那儿，期望夜樱能找到一只母猫收养她。接着，我翻过了雪山，去投奔了湖边的'人'，期待开始新生活，后来，我就认识了银羽的父亲……"

她的话语被雷焰打断了，他大声问："那只母猫长什么样？"

瑶华不明白他问这个干啥，而且她讨厌插嘴。

等一下，如果那个孩子被夜樱找到的母猫收养了，他是不是有可能认识她？

"她有一双跟我一样的异色瞳。"她说出了那个孩子最明显的特征，"她的右眼跟我一样是蓝色的，但暮色的眼睛是琥珀色的，她的左眼也是琥珀色的。"

年轻猫发出惊喜的嚎叫，在她看来有点儿疯狂，他把她拉下河岸，指着巢穴边缘一块石头，上面放着一只年轻母猫的尸体——她之前都没有注意到！金色的毛发，白色的肚子，脸上的棕色花纹，尾巴上的褐色环斑，她小心翼翼地拨开那只母猫的眼皮，是异色瞳！

时隔多年，她和那个孩子居然还能再次相会！瑶华高兴得也快疯了。

可是，她怎么会这样？

"你对她做了什么？"她质问火色年轻猫。

年轻猫眼神悲痛："我怎么会对她做什么呢？她是我的伴侣，是我孩子的母亲，是狗咬死她的。"

没想到那些狗的动作那么快！她好不容易才和女儿相逢，居然……居然分隔阴阳两界……

等一下，这只火色年轻猫是女儿的丈夫！

那她之前还想让他和银羽……

"她叫什么名字？"瑶华被年轻猫搀扶着上了河岸，悄声问道。

"蛾梦，蛾子的蛾，梦想的梦。"年轻猫回答。

"你呢？"

年轻猫看上去有些不满，但他干脆利落地回答了："雷焰，雷雨的雷，火焰的焰。"

"蛾子，火焰……"她低喃，"飞蛾扑火……"

雷焰愣住了，瑶华却想起了之前的那个夜晚，她夜观星象，"飞蛾扑火"之外看到的另一幅图，如果那只红色母猫叫落蝶……她冲过去，指着银色年轻猫问道："你叫什么？"

"风殇。"银毛猫回答。

"飞蛾扑火，蝶舞成殇。"她轻声细语，那天晚上的星象，原来是这个意思。

她直视风殇和雷焰，他们的脸上同时交杂着迷惑不解和恍然大悟两种情绪，看起来怪异极了。

"你们听过这两个词吗？"瑶华问道。

风殇说道："夜樱告诉我们，她在水晶里看到森林陷入狗的蹂躏，狗却被刮风打雷吓跑了。后来，水晶里呈现出森林被血与火洗礼，星星却组成了'飞蛾扑火'和'蝶舞成殇'这两个词，她再看去的时候，水晶里就是一片和煦了。"

"夜樱果然是名伟大的巫师。"瑶华轻叹，"她的意思是风殇和雷焰能够把猫族从狗群中拯救出来。"她玩味地瞅了惊喜的两只公猫一眼，"现在已经看出来了。而飞蛾扑火——蛾梦与雷焰的后代，还有蝶舞成殇——落蝶与风殇的后代，可以把猫群从血与火带来的灾难中拯救出来。"

"好了，不要惊讶了。"她提醒他们，"现在，我们去召集其他猫吧！"

四只年轻猫的眼神逐渐变得坚毅起来，雷焰往林中跑走了，而瑶华和其他猫一起跟着风殇，也踏上了路程。

入夜。

"快，在这里。"雷焰沿着河岸一路狂奔，身后是风殇和瑶华带领的一大群猫。

他找到了一个完美的营地，沿着河岸一路往下，河流往一大堆岩石下流去，转为地下河，只有一条细细的小溪从里面分流而出，流到河谷末端也汇入地下，溪边还长着一些植被。而下游的河流干涸后留下的河谷覆盖着柔软的沙子，石墙上有几个石洞，可以住下很多只猫。现在这种形势下，这里自然是最合适的营地。

银羽正陪着四只幼崽在最靠地面的一个石洞玩耍，而狐心带着她的捕猎队——落蝶、琥珀光、露珠雨和蓝莓冰正把新鲜猎物堆放在一块大石头上。

风殇刚才悄悄跟雷焰说，他估计了一下，不算幼崽这里已经容纳了快五十只猫——但丝毫不显得拥挤。

"雷焰，风殇，现在你们得把组织这个猫群的缘由原原本本地告诉他们，然后雷焰再把你的想法告诉他们。"瑶华看了一眼议论纷纷的猫群，然后对雷焰和风殇投来鼓励的眼神，"我都帮你们找好地方了，那块大石头就不错。"

瑶华指向一个偏顶部的宽大的洞穴，那个洞穴底部的石头往外伸出。

"走吧。"风殇有些无奈，他示意雷焰跟着他沿着一条石头小径爬到那个地方去，两只猫并肩站在顶部，俯瞰着众猫。他看到凤毛和麟角，看到琥珀光、露珠雨、竹笙和红莓心等朋友，看到自己曾经的姐姐雨晴，她紧挨着竹笙，似乎变胖了，难道是……怀了孩子？

就是……没有蛾梦啊……

雷焰把关于蛾梦的想法抛去，"你现在要给她报仇"，他提醒自己，再次低头望着猫群，情不自禁地挺了挺身子，有种说不出的骄傲和满足。

"诸位！安静，听我说！"风殇高声吼道，声音听上去威严而有力，雷焰觉得哥哥是个天生的领导者。

一只年轻的黑猫用不屑的声音说："你是谁？为什么要听你说？"

议论声再次响起，雷焰的心紧张地揪了起来。

"你可以不听我说话，你也可以走，但是，被狗咬死了别怪我。"

风殇淡然说道。

公猫哼了一声，却还是站在原地。

风殇象征性地轻咳一声："猫族的子民们，我邀请你们来到这儿，是因为森林里的猫族即将陷入狗带来的灾难。"

"狗？"众猫诧异的低语声聚成一片波浪，迅速蔓延开来。

黑猫高声说道："别在这儿骗我们了！傻子才会相信你们。"

另一只橙色母猫说道："森林里只有一两条不成气候的野狗，也是被别的动物从远方的群落驱逐到这儿来的，我觉得你们可能有说不出口的苦衷，但请不要用这种理由来吓唬我们。"

风殇朝站在猫群中的瑶华眨眨眼睛，宠物猫淡定地从猫群中走出来，站在众猫面前。

"大家好。"她沉着地说道，"你们中有谁认识我吗？"

一片寂然。

黑猫嘲讽道："认识你的猫怎么可能会说出来？"

瑶华不理那只黑猫，继续说下去："你们不认识我，是因为我不属于这片森林，我跋山涉水而来，千辛万苦来到这里，是来提醒你们的。我生活在一群叫'人'的生物旁边，'人'饲养了十几条狗，现在，那些'人'要离开家园，决定把那些狗放到这片森林里。"

这回大部分猫看上去都相信了，但那只黑猫仍然执着地作对。

"演吧，就找一只性格孤僻，没有亲友的猫来演戏吧。"他说，"如果狗来了，我们怎么会听不到？"

这时，落蝶叼着蛾梦的尸体走到瑶华身边："你们都认识巫师蛾梦吧？就在今天早上，她被罪该万死的狗咬死了。你们可以来确认，她伤口处那么大的齿印不可能是别的猫留下的，也不是狐狸。她的尸体上有狗的气味。"

　　几只猫爬上来看了看，纷纷为落蝶作证。

　　"她说的是真的，是狗咬的。"

　　"狗太可怕了，我们可以共同作战。"

　　"现在到你了。"风殇没有理会雷焰的心如刀绞，"别那么拖拖拉拉。"

　　雷焰瞪了风殇一眼，紧接着踏一步上前，尽量抬高声音："我希望大家能听听我的计划。"

　　"声音大点。"风殇悄声道。

　　雷焰先是声音激昂的发出三连问："你们见过独自抚养幼崽却不得不承受孩子一个接一个被饥饿和严寒带走的母猫吗？你们见过明明抚养了许多儿孙但因为年纪大了却无法得到照顾的老猫吗？你们见过有好友，有父母，有同窝手足，明明只要好好医治就可以痊愈但因为得不到照看只得被病魔带走吗？"

　　"如果你们见过，或者你们自己就是其中一员，那么，我想你们能够意识到，组建一个猫群的重要性。"雷焰平缓地总结道，朗声说出他的想法，"如果有一个猫群，那这一切就再也不一样了。年轻力壮的健康猫儿为老猫、幼崽和病猫捕猎，也为保护族群而战斗，当他们老了，成为老猫，曾经的老猫安逸地逝去，而被他们抚养和保护的小猫则长大，继续为他们提供食物和保护他们……老有所依，幼有所养，生生不息。但现在，最重要的是我们可以共同作战，抵御狗群。"

"共同作战！"风殇呼喊道，"我们组建一个猫群！老有所依，幼有所养！"

"共同作战！"地面上的猫群亢奋地与他共同喊叫，"老有所依！幼有所养！"

雷焰兴奋地竖起毛发，风殇趁热打铁："现在，如果谁还对我们的想法心存不满，可以立刻离开，我们不会做任何挽留。"

有几只猫显露出想走的想法。

"但是！"风殇接着吼道，"如果现在离开，等你失去养活自己的能力后又来找我们，我们是不会收留你的！这里是一个猫群，我们即将一起战斗，这里不是养老院！"

雷焰一惊，风殇居然想了这么多！

最后，只有一只猫离开了这里，但不是那只黑猫。

"那么，从现在开始，我们就是一个荣辱与共的集体了。"雷焰欣慰地笑着。

"我们需要一位首领！"一个苍老的声音说道，一只灰色的老猫打量着雷焰与风殇，雷焰感觉皮毛上好像扎了芒刺，浑身都不自在。

"首领不是他们俩吗？"

让雷焰惊喜的是，说这句话的居然是那只黑猫。

风殇说道："可能还有很多猫不认识我，先自我介绍一下，我是风殇。"

"我是雷焰。"雷焰接着他的话说。

"现在，如果在场有猫不支持我和雷焰成为首领的，请把你们的尾巴举起来，如果超过半数，我和雷焰就从这里下来，另荐贤士。"

举起来的尾巴只有五根，寥寥可数，看到自己这方的数量这么少，他们最后只得讪讪地把尾巴放下了。

"那我和雷焰就是首领了。"风殇说道，"现在，我们开始分配巢穴。"

雷焰和风殇作为首领，自然住在视野最好的这个山洞里。

雷焰找到这个河谷的时候，已经想好了巢穴的分配了："小溪的分流处有一簇灌木，那儿同时还长着这个河谷里最多的植物，离水和星星都很近，离别的猫也都有一段距离。现在蛾梦去世了，我希望能在这里的年轻的猫中新选出一位巫师，把这儿作为巫师巢穴。而这里——"他指向在他和风殇所处的大石头下面的一个小洞，这个洞就跟河岸边那些洞差不多大，顶多只能容下两只猫，"我跟风殇也都会老，会去世，我们会遴选出一位继承者，在将来代替我们的位置，所以这个洞作为未来的继承者的巢穴。

离地面最近的那个宽敞的洞——"猫儿们的眼神看向银羽带着四只幼崽玩耍的地方，"怀孕或带着幼崽的母猫可以选择住在那里，另一个洞作为老猫的巢穴，我们每天都要为这两个巢穴提供一定的猎物。那堆石头下面有一个很宽大的石洞，作为小猫和普通猫的巢穴。当然了，河谷的沙壁上还有很多比较小的洞穴，公猫如果愿意，也可以选择带着自己的妻子和幼崽搬入小洞穴。"

没有猫反对。于是大家都开始往自己分配到的巢穴走去，当然了，也有些公猫带着一只母猫和几个幼崽选择住到小洞里去——包括蓝莓冰和红莓心。

"今天，我们需要两三只耳聪目明的年轻的猫放哨。"雷焰宣布道。

"我！"黑猫本来半个身子都已经钻进石洞去了，一听这话，又退了出来，"我可以！"

"我们！"金风的三个孩子，现在已经成年了的枫尘、桦云和金焰向他们走来。

"多一只猫也没坏处，对不对？"看到三只年轻公猫与小黑猫以仇视的眼神对望，雷焰连忙打圆场，"不知道你叫什么名字？"他对那只小黑猫说。

"黑子。"

"这……可真是个好名字。"雷焰听到这个怪异的名字怔了一下，立刻扯出笑容。

"黑子，你站在河谷顶上监视。"雷焰把任务分配给他们，"枫尘守住森林的入口处，桦云可以站在那个石洞的顶上，金焰在溪对面看着营地，好吗？"

四只年轻公猫齐声答应，接着各自往自己的岗位上走去。猫儿们在森林的边缘采摘了一些叶子，凑合着拿来铺床。

"雷焰……"

雷焰刚往洞内走去，听到喊声，他扭过头，看见银羽叼着一些柔软的灰白色羽毛站在洞口。

"银羽？"他诧异地问道，"你在这儿干什么？"

银羽有些害羞："那个……我吃了一只鸽子，留下了很多羽毛，足够我铺床的了，我想……现在你是首领了，要不要送一些给你。"

"谢谢你！"雷焰惊喜地收下了这份礼物，也祝银羽做个好梦，他叼着羽毛再一次向洞内走去时，又一声叫声响起。

"雷焰！"

雷焰无奈地再次回头，这次是狐心，她叼着很多棕色的羽毛。

"怎么了？"他耐着性子问道。

狐心露出一副跟她的性子不相符的娇羞模样，但语气仍然非常高傲："我晚上吃了两只麻雀，羽毛有点多，就给你吧！"

这好像是她给他的赏赐一样。雷焰接过羽毛，在心里暗自嘀咕，转身回洞。

"雷焰。"

我的天哪！难道老天诚心不让我进洞吗？

是带着四只幼崽的落蝶。

"雷焰，你今晚就守洞口吧！啊，风殇一定跟你说了你魅力无敌的妹妹要来，还给我带了羽毛，太好了。"落蝶欢快地把他嘴里的羽毛全部叼走，在洞底把羽毛铺好，躺下去滚了两下，四只幼崽也开心地趴到她怀里，动作一气呵成。

"看到没有，还不管管？"

雷焰对一直盯着河谷的风殇使了个眼色。

风殇冷漠地瞥他一眼。

"我什么都没看到。"

说着，他走进洞，舒舒服服地躺在了落蝶身边。

雷焰："……"

他哭笑不得地在洞口的沙子上躺下，阖上眼皮，慢慢地进入了梦乡。

第十章

团结！战斗！

清晨，天空中柔和的色彩正变成清凉的蓝色，几片夏日的云朵掠过天际。在森林的边缘，粉红色的野玫瑰在一片翠绿的映衬下，愈发鲜艳绚烂，在微风中释放出浓郁的芳香。

　　雷焰趴在洞口，欣赏着七月早晨美好的景色。

　　"嘿！让开，别挡路！"后面传来一阵窸窸窣窣的动静，紧接着就是落蝶的声音。

　　"起来了？"雷焰转过身，笑着问道。

　　落蝶没理他，直接问道："情况怎么样？"

　　雷焰天没亮前就醒了，接着就去问了几只守夜的猫有没有狗的踪迹。

　　"还没来。"他回答，"那些狗还没有找到这儿来。"

　　落蝶轻轻地舒了一口气，从他身边穿过，往下跃去。幼崽们一窝蜂地跟在她身后。

　　"风殇。"雷焰叫曾经的哥哥。

　　"你怕，是吗？"风殇坐在洞底，语气温和，"雷焰，我昨晚一晚上都没睡好。"

　　"我也是。"雷焰承认道，"五十多只猫……但老猫就占了九只，还有幼崽需要看护，能战斗的就只有三十多只猫，对方是十五条狗，看起来我们还是有一些胜算的，但不可避免会有牺牲。"

风殇温柔地与他皮毛相擦："雷焰，你是怕我……或是其他几个朋友，牺牲在这里，是吗？"

当雷焰的眼睛对上风殇那双蓝色眼睛清澈的目光时，他意识到，风殇和他的想法一模一样。

"你知道吗？我昨天晚上就是不断地在想这个，所以一直睡不着。"风殇轻柔地说道，"后来，我想，这个河谷里有那么多素不相识的猫，可他们全都愿意为了我们这个奇怪的，甚至可以说是破坏传统的计划，而投入一场可能会牺牲自己生命的战斗。"

雷焰眨眨眼睛，刹那间，他的心灵就明亮起来。

"我懂你的意思了。"他轻快地说道，"我们走吧！"

风殇与他并肩走出洞穴，河谷地面上的猫全部望了过来。

"昨晚，我们收获了一夜平静。"风殇朗声说，"我们英勇的守夜者们说，愚蠢的狗群并没有发现我们在这个河谷里，所以，我们现在决定派出两支侦察队。队员由速度最快，最善于潜伏和隐蔽的猫组成，你们不用离河谷太远，就在这附近的地方查看。如果确认安全，也可以捕猎，只要一看到狗，那就立马往回跑，把它们引到这儿来，快到这里时发出叫声提醒我们，懂了吗？"

猫群齐声应答。

"雷焰，你来组织侦察队吧？"风殇对雷焰说，"我可以带领一支侦察队。"

雷焰感激地看了风殇一眼，他知道风殇想让他也树立威信，他来到地面上，十几只年轻的猫簇拥着他，争吵着要参加侦察队。

"琥珀光！蓝莓冰！"雷焰高声呼唤自己熟悉的两只猫，他们都比他大一些，经验丰富，值得信赖。琥珀光动作敏捷，嗅觉和听觉都极为灵敏，蓝莓冰长于速度，麟角常骄傲地说"他可以跟风赛跑"。

两只猫快步走来，雷焰问道："你们愿意参加侦察队吗？"

姐弟俩发出兴奋的喵呜声。

"好。"雷焰同意道，"琥珀光，你跟着风殇——你们守夜的猫，全都给我去小睡一会儿！这样才有精力迎战狗群！"他看到那只叫黑子的小黑猫以及金风的三个小儿子，全都挤在最前面。

三兄弟垂头丧气地离开了，黑子却仍然固执地站在那儿一动不动。

"不！我不去睡。"他说，"我一点都不累。"

雷焰好言相劝，黑子却不听话。

"好吧，如果真的不累。"他勉强同意了，"你可以跟着琥珀光和风殇，还有竹笙和……"他又点了一只精力充沛的年轻虎斑猫，"蓝莓冰，你的队员有……"他经过一番仔细的挑选后，选出了一只瘦长的虎斑公猫和两只小灰猫。

侦察队飞一般地冲出了空地。

"这不公平！"落蝶抗议道，"你为什么不点我？"

"你的毛色太显眼了。"雷焰冷静地把自己的分析告诉她，"如果你们要被迫躲藏起来，灰毛、黑毛或虎斑毛更容易在丛林里隐藏，而红毛或是白毛就显眼得多。"

落蝶哼了一声，但雷焰知道，她同意他的意见。

"好了！"他喊道，"现在，我们继续开始干活吧，战争开始的时候，我们要让老猫和幼崽躲在高处的洞穴里……"

立秋高声喊道："我就算老了也不至于当缩头乌龟！"话音未落，又响起一片老年猫的哼声。

雷焰退了一步："认为自己身体强健的老猫可以参加战斗，但一定要视自己身体的情况而来，不要强求。不参加战斗的老猫和幼崽可以躲到高处的洞穴里。"他想起了风殇的那个三角巢穴，"我们需要一些藤蔓和荆棘把通往洞穴的石头小路堵住，落蝶，能否拜托你带几只身强力壮的猫去干这个活儿？"

妹妹眉开眼笑地同意了。

"露珠雨、凤毛……"他挑选了几只公猫，他们跟着落蝶，到森林边缘收集材料去了。

"剩下的，确认自己可以参加战斗的猫，都集合到我这儿来！"雷焰喊道，"大家可以先互相练习打斗技巧，选择自己躲藏的地方。等听到侦察队的警报时，所有身体孱弱的老猫和小猫立刻躲到顶部的洞穴去，其他的猫迅速跑到高处的洞穴或者隐蔽的地方去，当狗群冲进空地，却一只猫也没看到，愣神的时候，我们就从高处跳到它们身上，或是从躲藏的地方冲到他们背后，明白了吗？"

又是一片喃喃的答应声。

有四只老猫放弃了战斗，他们不想给大家造成不必要的麻烦。他们带着幼崽，往高处的洞穴走去。

其余五只老年猫，包括白露和立秋，都选择了战斗，和大家一起开始练习战斗技巧。

天色沉了下来，厚厚的乌云遮住了太阳，阳光顽强地透过云层，柔弱的光线照射着河谷。

狐心来到他身边，甜甜地笑着说："雷焰，你怎么没有给我分配任务呢？不用担心我，我不累。"

雷焰不懂她是什么意思，她不适合做他刚才分配的那些工作，她的毛色太显眼，力气也不够大。

"你去练习一下战斗技巧吧。"他淡淡地说。

"那你陪我练习嘛！"狐心指了指空地上三三两两已经聚集成小团体的猫，"没有猫陪我练。"

雷焰同意了，他上一次真正战斗还是蛾梦在的时候，他捕猎时遇到了一只狐狸，一边打一边逃，最后把狐狸的两个关键部位——脖颈和腹部都伤得很厉害，让它落荒而逃，但自己也受了重伤。

细算一下，他已经半年没有战斗过了。

"好啊，我们开始吧。"他对狐心说。

狐心跃起，转身，狠狠地撞在他肩膀上，把雷焰撞得一个趔趄。

她趁机压在了他身上，但雷焰个子比她大，身材比她强壮，轻易就把她甩到了地上，随即跳过去，收起爪子，用爪掌击打她的肚腹，她毫无还手之力地被他打翻在地。

"这个动作不好。"他皱皱眉，让她起来，告诉她，"个子比你大的，比如狗，就可以把你甩下去。"

狐心不服气地问道："那个子比我小的呢？"

雷焰真的不知道狐心都在想什么："第一，我们是在训练对付狗的技巧，狗的个子不可能比你小；第二，个子比你小的也有办法。"

他招呼落蝶过来，妹妹正拖着一根黑莓藤走过营地。

"干吗？"她没好气地问道。

雷焰凑过去，在她耳边低语了几句，落蝶心领神会地向他使了个眼色。

狐心跳起去撞落蝶，落蝶个子小，直接被她撞倒在地。狐心压在她身上，落蝶翻过身，仰面去用后掌蹬她的肚子，狐心被踢到一旁。

"来了！来了！"

刹那间，琥珀光和风殇的吼叫就传进了营地。

"快！"雷焰高声大吼，"所有猫！隐蔽！"

雷焰自己飞快地爬上了一个高处的洞穴，落蝶跟在他身旁，跟他一起趴在洞里，猫儿们的动作都很快，短短十几秒内，所有猫都奔向藏身的地方，很多猫钻进了石缝里，身手更敏捷的猫爬到了高处的洞穴里。

风殇跑在最前头，琥珀光和其他队员跟在他身后，他们跑到了河谷的尽头，狗群先是一怔，发现河谷里没有任何其他的猫之后，大嘴露出狞笑的表情，向侦察队的队员们逼去。

"等着飞天猫吧。"落蝶悄声说。

远处传来一声雷吼，闪电划过天际，豆大的雨滴哗啦哗啦地倾泻而下，水流翻卷，溅起团团飞沫。

雷焰已经瞄准好了狗群的首领，它比两只猫还大，肌肉线条流畅匀称，黄黑色的皮毛光滑亮丽。

他从洞穴里飞身一跃，落在了狗群首领的身上。那些藏在高处的猫像一支支利箭，纷纷跃下；隐蔽在矮处的猫悄悄地溜到狗群身后，趁其不备突然发动攻击，一时间，狗群自乱了阵脚。

雷焰的爪子全部深深地插进了狗的皮肉里，狗群首领没有浓密的毛发，所以他的爪子插得非常深，狗群首领拼命地跑啊、跳啊……却怎么也没法把雷焰从它身上甩下来，相反，在雷焰爪子插进去的地方，鲜红的血已经慢慢流了出来。

雷焰后爪还是插在狗群首领的脊背上，前爪却猛地拔了出来，身下的动物发出一声痛苦的嚎叫，靠后腿直立起来，雷焰顺势挥出前爪，撕掉了它的一只耳朵，上半身趴在了它硕大的脑袋上，就像曾经对付狐狸一样。但他知道，现在没有麟角和露珠雨的辅助，没有同伴转移它的注意力了，必须得速战速决，他吸了一口气，双爪猛地插入了它的眼睛。

狗群首领这下彻底被击溃了，它无助地倒在地上，双眼中鲜血溢出，像只被母猫抱在怀里的小猫一样不断地扭动，同时发出剧烈的呻吟。

雷焰从它背上翻下来，用锐利的爪子抓向它黄白色的腹部，撕开一道口子，鲜血瞬间涌出，浸透了雷焰的爪子。大狗浑身都是血，它滚动着，哀号着，最后渐渐瘫软下去，闭上眼睛，不再动弹了。

雷焰发出一声胜利的叫声，吸引狗群来观看——快看哪！你们的首领已经死在我爪下啦！

有几只狗已经丧失了斗志，在猫群的攻击之下开始节节败退。可是，一只跟狗群首领容貌相似的，脸上有伤痕的黄黑色大狗——雷焰猜想它是狗群首领的兄弟姐妹——发出了几声吠叫，可能是要给狗群首领报仇的意思，狗群像打了鸡血一样，继续奋战。

"伤疤脸"此时正在同时对付金风的四个儿子和黑子，它突然间像刚刚的狗群首领一样，用后腿直立起来，两只强壮的前爪接连出击，把在它前面作战的枫尘和桦云击倒在地，接着前掌落地后，靠着一股惯性后腿抬起，把趁着两个哥哥在前面吸引了狗的注意力、想悄悄跃上它脊背的金焰蹬飞出十几米远。金色毛发的年轻公猫重重地摔在了一块大石头上，不动了。紧接着，"伤疤脸"重重地跃起又趴下，跳在它背上的竹笙被甩了下来，而正撕抓它的肚腹的黑子则被压住了。

雷焰惊讶于它战斗力的同时，怒火中烧。他冲过去，用爪子狠狠地撕过"伤疤脸"的侧腹，犁开一道长长的伤口。"伤疤脸"不得不起身迎战，被压得快要窒息的黑子这才得以喘息。雷焰早料到它的动作，在它直立起身前就跃上了它的脖颈，他对付过狐狸和刚才的狗群首领，已经找到了压制它们的诀窍。他故技重施，跃起身子趴在它的脑袋上，爪子准备去插它的眼睛。但"伤疤脸"的反应比狗群首领更快，雷焰爪子的支撑点不够稳，一下被甩到了地上。雷焰咬咬牙，很快重新跃起，用他曾经学过的技巧，钻到大狗腹下，再次用爪子加深了它腹部的伤口，接着揪住它的毛发翻到它背上。此时黑子已经恢复了状态，与他心有灵犀地从另一边撕扯"伤疤脸"的腹部，也翻到它背上。

在两只猫的围攻之下，大狗终于被压趴了，它鲜血淋漓的腹部嵌进了地上的砂石，看起来极为痛苦，趁雷焰和黑子从它背上跳下去，大狗努力站起来，一瘸一拐地向森林里走去。快要消失在森林里时，大狗回头看了他们一眼，那黑色的瞳孔里情绪复杂，痛恨和愤怒之外，还有一种情绪，那是……感激吗？它知道他们放了它一条生路吗？

接下来的战争，猫群胜券在握。风殇和落蝶并肩作战，颇有默契地出掌，合力将一条较小的狗赶出了河谷；凤毛、麟角正与他们的父母，立秋与白露一起对付一条皮毛浓密的黑白大狗，虽然那条狗身体硕大，但它的智商并不高，凤毛和麟角在前面吸引它的注意力，它一边应付，一边转头想要看看两只老猫去哪儿了，殊不知，立秋已经跃上了它的颈背，白露则钻到了它腹下。

一团团纠结在一起的皮毛逐渐分开，一条条大狗狼狈地逃出河谷，猫儿们轻巧地跳开，骄傲地舔舐自己的伤口。雷焰看到一条花斑狗还在负隅顽抗，连忙向它跳过去，当他刚挥出一爪时，花斑狗就落荒而逃。

雷焰浑身的肌肉充满了力量，溪水映出他的影子，他浑身的橙红毛发被血染得殷红，但他知道自己没有受伤，战斗的感觉实在是太美好了！"来呀！送上来给我打呀！"他激动地转着圈。

狗群都被击退了，就这么结束了？他有点失望，太简单了。河谷里只剩最后一只狗了，有好多只猫在一起对付它，他在溪水边看着他们的战况。

"小心！"风殇向最后一只狗挥出爪子，然而它冲出众猫的包围直接向雷焰飞奔而来。

雷焰想逃走，然而恐惧的四肢却在最后时刻僵硬得不听使唤，来不及了，大狗已经跳起来了，他绝望地闭上眼睛。

几秒钟后，大狗还是没有伤到雷焰。他惊异地转过身，只见一只白色母猫跃起来挡在了他身后，大狗毫不留情地扑了上去。

好几只猫已经冲上来了，大狗往营地外奔去，风殇迅速地点了几只猫去追，雷焰俯身看向那只救他的白色母猫。

"瑶……瑶华。"他看清了那只白色母猫的面容，哽咽着呼唤她的名字。

白色母猫雪般的毛发已经被血染成了红色，她看清了他，一对异色瞳里闪过一丝智慧，随即露出笑意，挣扎着想要说话，声音冷静而沉稳："雷焰，不要为我而作无谓的伤感，你是有使命的，记住你的使命，你还能带领猫群走上许多年的时光，我要嘱咐你一句话……"她飞快地说了一长串，已经喘不上气来了，雷焰把耳朵凑到她口边。

　　"照……照顾好……银……"她突然不动了，绝美的异色眸子呆滞无神，身体也渐渐凉了下来，她终究没能说出那个"羽"字。

　　"我会记住你的嘱托的。"雷焰郑重地喵呜道。泪流满面的银羽和眼神悲哀的风殇也走到了瑶华的尸体旁边。

　　"她这一生也是个传奇。"风殇低声说道，"她去了那么多地方。"

　　忽然，一声号啕大哭传来。

　　是狐心，雷焰快步跑过去，凤毛、竹笙、枫尘、桦云和她正围在一起，在他们的中央，摆放的是两具尸体，一具是金焰，另一具是红莓心。

　　"他是最像金风的，不仅是外表像，他还继承了她的聪明、敏锐、坚毅。"凤毛沉痛地望着小儿子。

　　"她腿瘸了啊！你们为什么要让她参加战斗？"竹笙趴在姐姐的尸体上，悲痛地叫着。

　　牺牲的不仅仅是金焰和红莓心，蓝莓冰也死了，他与把妻子的身体从中间咬成了两半的那条狗同归于尽了。那是一条金色的大狗，金毛在阳光下散发着光芒，墨蓝色的帅气公猫趴在它身上，任凭被咬得遍体鳞伤，也绝不松开自己的牙齿。

雷焰的眼睛湿润了，爱情的力量真的太伟大了。

"这是蓝莓冰的金墓碑。"风殇沉声说道。

这次战斗，猫群杀死了四条狗，剩下的十一条狗都逃走了，但猫群的损失也非常大，有一只幼崽一不小心从洞口摔下去，被狗肢解了。后来那条狗被伤心的猫妈妈和她的同伴们联合杀死了，猫妈妈正愤怒地把狗的尸体咬断，而负责照顾幼崽的老年猫也自责地流着眼泪。

死去的猫有整整十只，两只本来足可以在洞穴里休息的老猫英勇地牺牲了。族群现在还剩下六只老猫，除了几只重伤的猫之外，还有二十只伤势轻微的猫，而幼崽除了摔下去的那只之外，其余十三只毫发无损。

雷焰爬上他的洞穴。

雷焰高声吼道："战争已经结束，我们将拥有一段和平的时光，团结使我们强大，我们的胜利属于大家！"

"我们的胜利属于大家！"群猫群情激昂，跟着吼叫。

"他没有受伤！他是个奇迹！他是火焰，带给我们温暖！他应当统领我们，带着我们的族群走向辉煌！"风殇的声音响起，他不知何时来到了他身边，他的身上有一些乱七八糟的抓伤，而雷焰却安然无恙。雷焰知道他橙红的毛发像一团燃烧着的火焰，但他没料想到风殇会这么说。

"他是火焰！带给我们温暖！"群猫跟着发出崇拜雷焰的叫声。

雨停了，乌云慢慢散去，一望无际的绿树叠荫上方，茫茫碧落万里无云，似火的夏日骄阳毫不吝啬地放出耀眼的光芒，如同千百条灼热的金链，缠绕着大地上的一切。

"我们，现在是一个族群了！"

（第一部完）

第十章　团结！战斗！

人物关系图

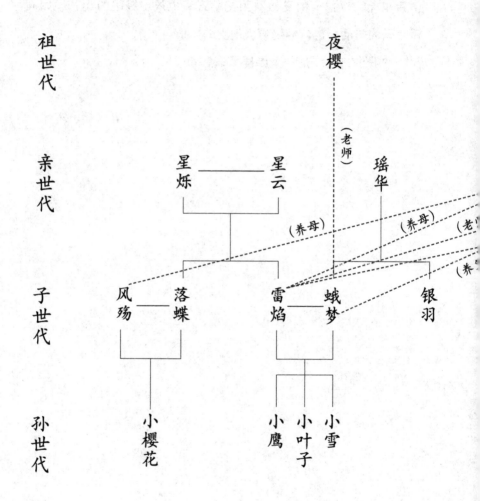

祖世代　　　　　　　　　　　　　　　　　　夜樱

亲世代　　　　　　　星烁————星云　　（老师）　瑶华

子世代　　　风殇—落蝶　　　雷焰—蛾梦　　（养母）　银羽　（养母）

孙世代　　　　　　小樱花　　小鹰　小叶子　小雪

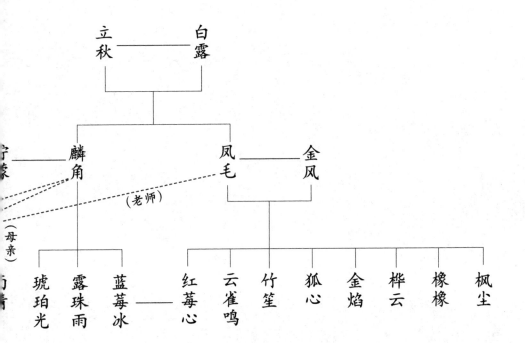